코끼리에게 날개 달아주기

이외수의 감성산책

코끼리에게 날개 달아주기

이외수가 쓰고
박경진이 그리다

신적인 사랑, 완전한 사랑, 영원불변한 사랑을 그대에게 드린다면 그대는 어느 정도 크기의 그릇을 내밀 수가 있으신지요.

| 차례 |

1장

모든 하루는 모든 인생의 중심부이다

어떤 증명 믿기 어렵겠지만 다음과 같은 사실이 있다.

$$1 \times 9 + 2 = 11$$
$$12 \times 9 + 3 = 111$$
$$123 \times 9 + 4 = 1111$$
$$1234 \times 9 + 5 = 11111$$
$$12345 \times 9 + 6 = 111111$$
$$123456 \times 9 + 7 = 1111111$$
$$1234567 \times 9 + 8 = 11111111$$
$$12345678 \times 9 + 9 = 111111111$$
$$123456789 \times 9 + 10 = 1111111111$$

2

거울 효과 영혼이 육체를 떠나 방황한 일이 있었다.
그곳은 공허하고 추운 곳이었다. 그때 무서운 여자가 나
타났다. 그는 형체를 알아볼 수 없을 정도의 추한 여자
였다.

"당신 누구요?"

영혼은 물었다.

"그러는 당신은 대체 누구요? 더럽고 언짢군. 어느 악
마보다도 흉한 당신은 대체 누구요?"

허깨비도 물었다.

"나는 당신의 행위 그것이오."

3

    산길을 가다 자신도 모르게 개미 한 마리를 밟고 말았습니다. 다행히 죽지는 않았는데 움직임이 정상은 아닌 것 같습니다. 개미에게 무슨 말을 해주고 싶으신지요.

—李外秀

4

　나이든 사람은 자기가 두 번 다시 젊어지지 않는다는 것을 알고 있지만 젊은이는 자기가 나이를 먹는다는 것을 잊고 있다.

—李外秀

5

　가장 불행한 젊음은 선택의 여지가 없는 상황에 처해 있는 젊음이다. 그러나 그것보다 더 불행한 젊음은 거부할 수 없는 대상으로부터 내키지 않는 선택을 강요당하는 젊음이다.

—李外秀

젊음의 혈기 한 젊은이가 어느 날 뉴욕 신문에 다음과 같은 광고를 실었다.

"무경험이야말로 한 사람이 새로운 직업에 대비할 수 있는 가장 값진 것입니다. 사실, 무경험자들은 낡아빠진 일상성이나 공식 대신에 상상력이나 열정에 의존하게끔 되지요. 만약 당신의 사업이 일상적이고 구태의연한 사고로 규제되어 있다면 나는 당신과 일하고 싶습니다. 무경험이 나의 강점입니다. 나는 25세이며, 열성적이면서도 감정적으로 나의 맡은 일에 몰두할 수 있는 능력을 소유하고 있습니다."

그는 즉각 사진 현상소에 고용되었다.

7

젊었을 때는 가끔씩 자살을 생각했다. 하지만 예술에 내 목숨을 바치고 최선을 다해 본 다음 그래도 세상이 나를 보듬지 않으면 그때 자살을 해도 늦지는 않을 거라는 생각을 했다. 그런데 어느새 이순(耳順). 이제는 내가 세상을 보듬을 차례다.

—李外秀

8

아름다움을 느낄 수 없는 사람은 또한 사랑도 느낄 수 없다. 사랑을 느낄 수 없는 사람은 또한 사랑을 줄 수도 없다. 그러나 사랑을 줄 수가 없는 사람도 사랑을 받을 수는 있는 법이다. 그래서 사랑이 좋은 것이다.

—李外秀

9

불평은 금물 우리의 선조들은 13세기까지 설탕 없이 생활해 왔다. 14세기까지는 석탄이 없었고, 우유, 달걀, 밀가루 따위로 반죽해서 만든 빵은 15세기에도 없었다. 감자는 16세기까지도 없었으며, 커피, 차, 수프는 17세기, 푸딩은 18세기, 성냥, 전기는 19세기까지 볼 수 없던 것들이었다. 그리고 통조림은 20세기가 되어서야 나온 상품이었다. 더구나 기차, 자동차, 비행기는 언제부터 등장했는가.

자! 그런데 우리는 지금 무슨 불평을 하고 있는 것인가?

10

　남을 욕하고 싶을 때는 그가 당신의 모습을 비춰주는 거울이라고 생각하라. 아름다운 마음을 가진 자는 아름다운 것들과 결합하고 추악한 마음을 가진 자는 추악한 것들과 결합하게 되며 사랑이 가득한 마음을 가진 자는 사랑이 가득한 것들과 결합하고 미움이 가득한 마음을 가지는 자는 미움이 가득한 것들과 결합하게 되는 것이다.

—李外秀

11

장단 맞추기 고대 페르시아의 재담가였던 물라 나시르
딘이 그의 아들과 같이 나귀를 앞세우고 시골길을 걷고
있었다. 나귀는 만족스럽게 길가의 풀을 뜯고 있었다. 그
들이 땀을 흘리면서 걷는 것을 본 한 사람이 말했다.

"당신들은 정말 바보군요. 걷지 말고 나귀를 타고 가
시지요."

물라와 그의 아들이 나귀 등에 올라타고 다음 마을을
지나가는데 한 노인이 이를 보고 외쳤다.

"그 불쌍한 나귀에 두 명씩이나 타다니, 당신들은 부
끄럽지도 않소?"

물라는 내리고 아들이 나귀를 타고 다음 마을에 다다
랐다. 그곳에서 그들은 이런 말을 들었다.

"가엾은 노인네! 늙은 아버지를 걷게 하다니, 저 아들

은 부끄러운 줄도 모르는군."

그래서 이번에는 물라가 나귀를 타고 아들은 걸어서 얼마쯤 가다 보니 한 마을 사람이 말했다.

"저 노인네 좀 봐, 아들을 걷게 하다니, 잔인하군!"

물라는 그의 수염을 쓰다듬고는 중얼거렸다.

"항상 모든 이들을 만족시킬 수는 없군."

12

결혼과 불행 어느 날 기자가 소설가 버나드 쇼에게 물었다.

"금요일에 결혼한 사람은 평생 불행하다는 말을 믿으십니까?"

쇼는 대답했다.

"물론입니다. 금요일이라고 예외일 수야 있겠습니까?"

13

무려 11시간이나 잠을 잤다. 흔히 있는 일이다. 평소에는 1, 2시간씩 조각잠을 자다가 어느 날 한꺼번에 몰잠을 잔다. 하지만 어깨는 천근 바위덩어리를 짊어진 것처럼 무겁다. 샛노란 배추 속잎을 으적으적 씹어 먹으면 상쾌해질지도 모르겠다.

—李外秀

짧은 쾌락의 대가 아프리카의 어떤 부족은 7년마다 새 왕을 뽑는데 필수적으로 전에 왕이었던 사람은 죽이도록 되어 있었다. 이렇게 선발된 부족장은 7년 동안 이 미개인들 사이에서 즐길 수 있는 모든 향락을 누리는 것이었다. 이 기간 동안 그의 권한은 절대적이어서 생사에 관한 것도 그의 손에 달려 있었다. 모든 존경을 한 몸에 받으며 어떠한 물건도 가질 수 있지만, 그는 결국 7년 후에는 죽는다.

이 풍습은 오랫동안 지속되어 왔고, 이 부족의 모든 사람들은 이 사실을 잘 안다. 그렇다고 해서 지원자가 나오지 않은 적은 한 번도 없었다. 7년간의 호사와 권력을 위해 사람들은 기꺼이 자기 생의 나머지 부분을 희생하길 꺼려 하지 않는 것이다.

수십, 수백 아니 수천의 사람들이 지금 여기에서 쾌락과 부를 얻을 수만 있다면 기꺼이 영원을 벗어나서 파산자가 되려고 하고 있는 것이다.

15

술낚시의 내력 연암 박지원이 '술낚시'로 감투를 얻은 이야기는 유명하다. 연암은 집이 가난하여 좋아하는 술도 제대로 마시지 못했다. 손님이나 와야 아내는 겨우 두 잔의 탁주를 내놓을 뿐이었다. 그래서 연암은 그럴 듯한 풍채의 인물만 보면 가짜 손님으로 끌어다가 술 마시는 미끼로 삼았다. 하루는 그가 자기 집 앞에서 어슬렁거리고 있는데 마침 사인교를 타고 지나가는 사람이 있었다. 연암은 무작정 길을 가로막으며 정중한 음성으로 말했다.

"영감, 누추한 집이나마 잠시 들렀다 가십시오. 저의 집이 바로 여기올시다."

"나는 지금 입직(入直)하는 길이라 틈이 없소."

"흥! 임금을 모시는 분이라 도도하군. 담배나 한 대 피우고 가라는데, 그렇게 굴 것까진 없잖소."

연암은 도리어 호령조로 말했다. 사인교를 탄 사람은 이 승지였다. 그는 선비에 대한 예의는 아는 인품이어서 연암의 뒤를 따라 방으로 들어갔다.

　"손님이 오셨으니 술상 내오너라."

　탁주 두 잔과, 안주로는 김치가 나왔다. 연암은 자기 잔의 술을 쭉 들이켜고는 손님 잔의 술까지 마셔버렸다. 이 승지는 연암을 바라볼 수밖에 없었다.

　"영감! 뭐 이상히 여길 것 없소. 오늘은 영감이 내 술낚시에 걸려들었소, 하하."

　"도대체 당신은 누구시오. 그리고 술낚시는 무슨 뜻이오?"

　연암은 그제야 술낚시에 대한 내력을 이야기했다. 그날 밤 이 승지는 정조 임금에게 그 이야기를 하였다. 그 선비가 누구인지 모르고 하는 이 승지의 얘기를 들은 정조 임금은 말했다.

"그 사람은 분명 연암 박지원이다. 자기 재주를 믿고 방약무인이 지나쳐 벼슬을 안 주었는데, 그다지도 궁하다니 참으로 안됐군."

그렇게 말한 정조 임금은 그에게 곧 초시(初試)를 보게 하고 안의(安義) 현감 자리를 주었다.

16

소 잃고 외양간을 고치는 사람을 비웃지 마라. 그는 지금 반성하고 있는 것이다.

—李外秀

17

현실과 이상 만년의 톨스토이는 인간의 한없는 욕망에 실망해서 철저한 금욕주의를 제창하였다. 어떤 사람이 걱정이 되어 그에게 물었다.

"그렇게 모두 금욕만 한다면 인류가 멸망해 버리지 않겠습니까?"

그러자 그는 조용히 대답했다.

"염려할 것 없어요. 금욕을 실제 생활에 옮길 수 있는 사람은 거의 없으니까요."

18

　퇴근길에 일순, 거리가 낯설어 보이면서, 집으로 돌아가는 방법이 전혀 생각나지 않고, 망연자실, 내가 누구인지조차 기억나지 않을 때가 있습니다. 그 순간 가슴 밑바닥에 놀빛으로 흥건하게 고여드는 슬픔 한 사발. 그 슬픔 한 사발의 정체는 무엇일까요.

—李外秀

19

빛과 어둠 옛날에 땅 밑에 사는 동굴이 있었다. 동굴은 내내 어둠 속에서만 살았는데 하루는 이상한 소리를 들었다.

"밝은 데로 나오너라. 나와서 태양을 보라."

동굴은 말했다.

"그게 무슨 말인지 나는 몰라. 나는 어둠밖에는 아는 게 없어."

그러나 마침내 동굴은 위로 올라와서 빛이 찬란한 것에 놀랐다. 그는 태양에게 말했다.

"이리 와서 어둠을 보라."

태양이 물었다.

"어둠이 뭐지?"

"그저 와 보면 알아."

태양이 초대에 응해서 밑으로 내려왔다.

"자, 어둠을 보여다오."

그러나 어둠이란 것은 아무 데도 없었다.

눈물의 효용 영국의 과학자 알렉산더 플레밍 경은 인간의 눈물이 세균을 죽이는 데 효과적이라는 사실을 밝혀냈다. 티스푼 하나 정도 양의 눈물은 100갤런의 물을 깨끗하게 하기에 충분한 부식 방지 효력을 가지고 있다는 것이다. 일찍부터 권위 있는 많은 의사들은, 사람은 건강을 위하여 가끔씩 눈물을 흘리며 울어야 한다고 말해 오기도 했다.

21

건망증 아인슈타인이 뉴저지 주의 프린스턴 대학교에 있는 고급 연구기관으로 이사를 한 후 어느 날 프린스턴 대학원 원장실에 전화가 걸려왔다.

"아이젠하트 원장님을 바꿔주세요."

비서가 안 계신다고 말하자 그 목소리는 계속해서 말했다.

"그럼, 아인슈타인 박사가 어디에 사는지 가르쳐주시겠습니까?"

비서는 아인슈타인 박사님은 사생활을 침해받길 원치 않으시기 때문에 그렇게 할 수 없노라고 했다. 그러자 전화기의 목소리가 거의 속삭이듯이 작아졌다.

"아무에게도 말하지 마라. 내가 아인슈타인이다. 집에 가는 중인데 집이 어디에 있는지 잊어버렸구나!"

22

이 세상에 존재하는 아름다운 것들은 모두, 알고 보면 당신이 모르는 사이 누군가의 눈물에 의해서 만들어진다.

—李外秀

2010 김영숙

명성 많은 제자들이 부처님을 흠모하며 그에게 고했다.

"대덕이시여, 저 아자타사스 왕자는 아침저녁으로 5백 대의 수레를 내어 음식을 나르고 제바달다를 공양하고 있습니다."

그러자 부처님이 설법하였다.

"비구들이여, 제바달다의 명성이나 이익을 부러워해서는 안 된다. 그러한 일은 제바달다에게 아무런 도움도 되지 않는다. 그가 얻은 명성과 이익은 이윽고 그를 해치고 파멸로 이끌어갈지도 모른다. 예를 들어 파초는 열매를 맺으면 자기의 파멸을 초래할 것이다. 대나무도 그렇게 되면 시들 것이다. 암나귀는 새끼를 낳고 나서는 죽지 않는가? 이와 마찬가지로 제바달다는 명성과 이익을 얻고 스스로 파멸하게 되는지도 모른다."

24

　뛰어난 미모는 나이 들면 시들어버리지만 뛰어난 매력은 나이 들어도 시들지 않습니다. 미모는 외면에서 형성된 것이어서 시간의 제약을 받지만 매력은 내면에서 형성된 것이기 때문에 시간의 제약을 받지 않습니다. 하지만 매력은 어떤 경우에도 성형불가입니다.　　—李外秀

25

코끼리는 물을 마시기 전에 자신의 흉한 모습을 볼 수 없도록 발로 물을 휘젓는다고 한다. 이것은 특히 움푹 들어간 눈과 핼쑥한 볼, 그리고 주름 잡힌 얼굴을 가진 늙은 코끼리들에게 더 자주 나타나는 현상이라고 한다.

—李外秀

26

인생의 구두점 문장은 적절한 구두점 없이는 의미가 없다. 이 열 개의 단어를 예로 들어 보자.

'저것이 저것이다 저것이 아닌 저것은 아니다 저것이 그것이 아닌가 그것이다.' 이것에 구두점을 달면, '저것이 저것이다. 저것이 아닌 저것은, 아니다. 저것이 그것이 아닌가? 그것이다'가 된다. 구두점이 없는 열 개의 단어는 그것이 말하고자 하는 것을 나타내지 못한다. 구두점이 찍히지 않은 그 문장은 결국 아무 의미가 없는 것이다.

인생도 마찬가지이다. 불행이 없는 인생은 단조롭고 의미가 없다. 감탄사, 물음표, 줄표를 사용함으로써 삶을 더욱 풍부하고 융통성 있게 만들 수 있는 것이다.

27

책임 어느 날 아직도 걸음걸이가 서투른 아장걸음의 아이가 제 조그만 의자를 부엌으로 끌고 와서 그것을 발판 삼아 냉장고 위로 기어 올라가려고 했다. 나는 당황하여 달려갔지만 아이는 이미 마루에 굴러 떨어지고 난 뒤였다. 내가 안아 일으켜주려니까, 아이는 그래도 기가 살았는지 힘껏 의자를 걷어차고는 아주 화난 목소리로 외치는 것이었다.

"의자 자식, 나쁜 자식, 나를 떨어뜨리고!"

어린아이를 다뤄본 경험이 있는 사람이라면 이와 같은 경우를 몇 번이라도 당했을 것이다. 어린아이는 자기의 곤경이나 실패의 책임을 생명이 없는 무생물이나 죄 없는 구경꾼에게 뒤집어씌우는 경우가 흔히 있다. 그러나 문제는, 이러한 어린이 같은 태도가 어른이 되어서도 계

속 될 때 일어나는 것이다. 자기의 실수나 잘못의 책임을
남에게 미루는 경향은, 인류의 역사와 비슷하리만큼 옛
날에도 많이 있었다. 아담조차도 금단의 나무 열매를 먹은
죄를 '여자가 그 실과를 주었으므로 내가 먹었나이다'라고
말하여 남에게 뒤집어씌웠다.

　성숙의 첫걸음은 자기가 책임을 지겠다는 각오를 가지
고 인생을 대하는 것이다.

28

철학의 결실 철학자 아리스티포스에게 물었다.

"당신은 철학을 해서 무엇을 터득했습니까?"

그러자 철학자는 대답했다.

"그저 한 가지…… 어느 누구를 만나도 아무 두려움 없이 이야기를 할 수 있다는 것이겠지요."

　지혜는 사랑을 사랑인 줄 알게 하고, 덕은 그것을 남에게 베풀게 합니다. 그리고 그렇게 함으로써 사랑을 받는 그릇은 자신도 모르는 사이에 점차로 커지게 됩니다. 그리고 그릇이 커질수록 더 많은 것들에게서 아름다움을 느끼게 됩니다. 따라서 아무리 하찮은 것이라 하더라도 소중한 눈길로 바라보게 됩니다. 그리고 세상 사람들이 행하는 여러 가지 잘못들도 용서하게 됩니다. 아울러 우리가 우리에게 죄지은 자를 사하여준 것처럼 우리의 죄도 사하여지게 됩니다.

—李外秀

진정한 승리 조양자(趙養子)가 신치목자(新稚穆子)를 시켜 적(翟)을 치게 했다. 싸움에 이겨 좌인(左人), 중인(中人)의 두 고을을 빼앗은 신치목자는, 전령을 보내 전과를 보고했다.

마침 밥을 먹고 있던 양자는, 그 말을 듣자 근심스러운 표정을 지었다. 옆에 있던 사람들이 말했다.

"하루아침에 두 성을 취하셨으니 기뻐하셔야 마땅합니다. 왜 우울해 하십니까?"

양자가 말했다.

"양자강이나 황하에 일어나는 조수가 아무리 커도 사흘을 넘기지 못하고 회오리바람이나 폭우가 아무리 사나워도 아침나절을 더 가지 못하고, 대낮도 따지고 보면 잠깐에 불과하지 않은가? 지금 우리 조씨로 말하면 덕을 쌓은 것도 별반 없이 두 성을 항복받았으니, 재앙이 내게 미치지 않을까 그것이 걱정일세."

공자가 이를 듣고 말하기를,

"조씨는 잘 되겠구나! 무릇 근심하는 자는 창성하고 기뻐하는 자는 망하는 법이니, 승리하기가 어려운 것이 아니라 정말 어려운 것은 그 승리를 유지해 가는 일이다."

버릇 그리스의 철학자 플라톤이 한 어린아이가 도토리를 가지고 노름하는 것을 보고 제지시켰다.

그러자 어린애는 도리어 성난 얼굴로 반박하고 나섰다.

"선생님께서는 어린애들의 사소한 놀이에도 간섭하십니까?"

그러자 플라톤이 정색을 하고 매섭게 책망했다.

"비록 도토리를 가지고 하는 노름이라 하더라도 버릇을 키우는 데는 조금도 모자람이 없는 것이다. 당장 그만두어라."

도시에 사는 어린이들은 대부분 '엄마 돈'이라는 말 한 마디로 모든 문제를 해결하려 드는 습관을 가지고 있다. 이런 습관은 도시 어린이들의 창의력을 말살시킨다. 뿐만 아니라 성장해서도 부모를 한낱 현금자동지급기로 생각하게 만드는 특질도 가지고 있다. ─李外秀

성자의 자격 금욕주의자인 시메온에 대한 이야기는 매우 유명하다. 그는 털옷을 입고 높은 기둥 꼭대기에서 여러 해 동안 기도하면서 생애를 보낸 성스러움으로 인해 명성을 얻게 되었다.

프랑스인 아나톨은 이에 대해 깊은 감명을 받고 시메온과 경쟁을 하기로 결심하였다. 그는 기둥을 찾을 수 없자 집 안의 식탁 위에 의자를 올려놓기로 했다. 그는 털옷만큼 불편한 옷을 입고 앉아서 그의 여생을 금식과 기도로 보내기로 작정하였다.

요리사와 가족들은 그와 눈을 마주치지 않았으며, 아무도 그의 의도에서 경건함을 찾을 수 없었다. 그들은 아나톨로 하여금 생활이 너무나도 비참하다는 것을 느끼게 하는 데 성공했으며, 결국 그는 그의 계획을 중단하였다.

그는 후에 다음과 같이 기록하였다.

　'나는 가족들과 함께 생활하면서 성자가 된다는 것이 매우 어렵다는 것을 깨닫게 되었다. 또한 왜 성직자 제롬이 사막으로 들어갔는지를 알았다.'

34

십 년을 살아도 현재 자기가 있는 자리와 앞으로 자기가 돌아갈 자리가 어딘지를 생각하며 사는 사람이 있는 반면, 평생을 살아도 겨우 자기 나이밖에는 헤아리지 못하는 사람도 있다.

—李外秀

35

나는 인간들이 피고라고 생각했던 적이 있었다. 따라서 세상 전체가 감옥이라고 생각했던 적도 있었다. 그리고 그 생각은 다소 나를 덜 비참하게 만들어주는 것 같은 기분에 젖게 해주었다.

세상 전체가 감옥이라니, 얼마나 기분 좋은 일인가, 나만 감옥에 갇혀 있는 것이 아니라 전 인류가 감옥에 갇혀 있는 것이다. 생각해 보라. 얼마나 기분 좋은 일인가.

—李外秀

36

보편적 슬픔 중국의 교사들이 쓰는 우화 가운데 외아들을 잃은 여인의 이야기가 있다. 그녀는 이성을 잃고 슬픔에 잠겨 있었다. 그 슬픔으로 인하여 그녀는 항상 세상을 원망하며 지냈다. 마침내 그 여인은 현명한 늙은 철학자를 만나게 되었다. 늙은 철학자는 슬픔에 잠겨 있는 여인에게 말했다.

"네가 겨자씨를 가져오면 네 아들을 찾게 해주마. 그러나 그 씨앗은 슬픔이 없는 집에서 가져와야 한다."

그 말을 들은 여인은 열성으로 집집마다 돌아다니며 겨자씨를 찾았다. 그러나 겨자씨가 있는 집은 어렵지 않게 찾을 수 있었지만, 슬픔이 없는 집은 찾아볼 수 없었다. 비로소 여인은 어느 집이고 다 사랑하는 사람을 잃은 슬픔을 겪는다는 것을 알게 되었다.

"내 얼마나 이기적으로 슬픔을 고집해 왔던가!"
"슬픔은 누구에게나 있는 것을."

37

제자여, 그대가 내 답변에 머리를 들이미는 순간, 이번
에도 기러기는 삼천리를 날아가버렸다.　　　　　—李外秀

38

아프냐. 더 아픈 것들을 굳게 끌어안으라. 그러면 지금 아픔은 저절로 사라져버릴 것이다. 슬프냐. 더 슬픈 것들을 굳게 끌어안으라. 그러면 지금 슬픔은 저절로 사라져버릴 것이다.

—李外秀

질투　옛날 중국 어떤 소작인에게 홍고랑이라는 딸이 있었다. 그 소녀는 노래를 잘 불러 항상 귀여움을 받았다. 그런데 이 동네 지주의 딸도 홍고랑과 같은 나이로 노래를 잘 불렀다. 그러나 지주의 부인은 자기 딸보다 홍고랑이 잘한다는 소리가 듣기 싫어서, 언젠가는 홍고랑의 아름다운 목소리를 빼앗아버릴 결심을 하고 있었다. 마침 지주 영감의 환갑 잔칫날이 되었다. 사람들은 춤을 추었고 지주의 딸은 노래를 불렀다. 홍고랑이 노래를 부르려 하자, 지주 부인은 동네 사람들을 돈으로 매수해서 "꼬챙이 목통 들어가라"고 소리치게 했다.

홍고랑은 노래 한 마디 못 하고 부끄러워 돌아온 후 병에 걸려 죽고 말았다. 그의 무덤에서 돋아난 풀이 꽈리였다. 열매는 붉어진 홍고랑의 얼굴 그대로를 보여주고 있고, 변함없는 그 목소리는 지금도 소녀들의 입을 빌려 노래되어지고 있는 것이다.

특별한 선물 이 세상에 맨 처음으로 여러 동물들을 만들었을 때 제우스는 처음 만들어진 동물들을 모아놓고 몸에 맞는 것들을 선물로 붙여주었다. 새에게는 빨리 날 수 있는 날개를, 어떤 짐승에게는 싸울 때 힘을 쓰게 하는 뿔을, 그리고 모든 짐승에게는 추위에 떨지 않게 깃과 털을 주었다. 그러나 사람만은 깃도 털도, 뿔이나 날개도 선물로 받지 못하여 시무룩해졌다. 어느 날, 선물을 기다려도 제우스에게서 소식이 없자 사람은 찾아가서 말했다.

"왜 신은 인간에게 아무것도 선물로 주시지 않습니까?"

이 말을 들은 제우스는 빙긋이 웃으며 사람에게 말했다.

"내가 특별히 생각하고 준 것에 대해서 깨닫지 못하고 있구나. 나는 너에게 다른 짐승들보다 몇 배나 좋은 걸 주었다. 그것은 눈에는 보이지 않지만 마음속에 들어 있어서 세상 어느 짐승의 힘보다 세고 날개 가진 짐승보다도 빠르며 몸을 위해서도 가장 긴요한 것이니, 그것은 이성이라는 것이다. 만물의 우두머리가 되기 위해서 필요한 것이니라."

이 말을 들은 인간은 그제서야 제게 준 선물이 어느 짐승의 선물보다도 소중한 것임을 깨닫고 신에게 감사의 인사를 드렸다.

41

알고 보면 세상 전체를 다 뒤져봐도 영원한 내 것이란
단 한 가지도 없다.

　　　　　　　　　　　　　　　　　　　—李外秀

42

인간이란 시험이 반드시 필요한 저주받은 동물인가?

—李外秀

43

믿음의 상금 터키의 한 도시에서 있었던 일이다. 어떤 가난한 여인이 황제를 찾아가, 그녀가 잠들어 있는 사이에 잃어버린 물건을 찾아 달라고 탄원을 하였다. 탄원을 들은 황제는 말했다.

"그대는 왜 물건을 돌보지 않고 잠이 들었는가?"

그러자 여인은 대답했다.

"황제 폐하께서 항상 깨어 우리를 지켜주신다기에 잠들었었습니다."

황제는 자신이 모든 백성들을 빠짐없이 돌보고 지켜준다고 믿는 여인의 '믿음'을 기쁘게 생각하며 그 여인이 잃은 것보다 더 많은 물품을 하사하였다.

44

최초의 발견자 많은 발견은 인간보다도 자연이 먼저 했다고도 할 수 있다.

즉 비행기보다는 새나 날치고기가 먼저 날았다.

낙하산은 식물들이 씨를 퍼뜨리는 데 이용했다.

피스톨은 어떤 식물들이 씨를 쏘는 데 썼다.

냉장고는, 선인장 가운데 냉수를 저장하는 곳이었다.

끌은 벌이나 해리(海狸)가 나무 파는 데 썼다.

드릴은 벌과 모기가 썼다.

톱은 벌이 알을 낳기 위해 나무를 켤 때 썼다.

파리잡이 종이는, 이끼의 어떤 종류가 끈끈이로 파리를 잡았다.

뗏목은 모기가 물 위에다 알을 깔 때 썼다.

터널은 기니피그나 두더지가 썼다.

종이는, 벌의 어떤 종류는 펄프를 만들었다.

빗은 개미가 화장할 때 썼다.

잠수기는 물거미가 썼다.

예술 아닌 자연은 없다. 당신이 손 대지만 않는다면.

—李外秀

46

옛날에 아주 지능적인 사기꾼 한 사람이 있었습니다. 어느 날 그는 사람들을 모아놓고 자기가 내일 아침 틀림없이 자살해 버릴 테니 두고 보라고 진지한 목소리로 말했습니다. 사람들은 아무도 믿지 않았습니다. 한두 번 속은 게 아니니까요. 하지만 그는 다음 날 아침 정말 자살해 버리고 말았습니다. 그는 남을 속인 걸까요. 속이지 않은 걸까요.

—李外秀

47

귀결 태공망 여상(呂尙)은 젊었을 때는 유달리 가난뱅이였다. 그런데도 밖에 나가 일할 생각은 않고 독서삼매의 나날만 보내 집안이 몹시 궁색했다. 참다못한 그의 처 마(馬) 씨는 살림을 걷어치우고 친정으로 돌아가버렸다.

그로부터 오랜 세월이 흘러 여상이 이름을 떨치자, 어느 날 잊었던 마씨가 찾아와 다시 들어와 살게 해달라고 청했다. 그러자 여상이 잠자코 그릇의 물을 뜨락에 엎지르고는 말했다.

"저 물을 다시 그릇에 주워 담아보시오."

그러나 물이 흙에 스며들어 마씨는 진흙밖에 손에 잡을 수 없었다. 이를 보고 여상은 천천히 말하였다.

"엎지른 물은 그릇에 다시 주워 담을 수 없으며, 이별한 사람도 이제 와서 함께 살 수는 없는 거라오."

48

어떤 지식으로도 깨달음을 설명할 수는 없다. 그래서 선문답이라는 방편이 생겼다. 현미경으로 법문을 들여다본다고 확대된 깨달음을 얻을 수가 있겠는가. 머리를 들이밀지 말라. 허망한 미궁만을 헤매게 되리라.　　—李外秀

죄의 무게 한 경솔한 청년이 목사에게 질문을 했다.

"당신은 말하기를, 구원받지 못한 사람은 죄의 짐을 진다고 했는데, 나는 아무렇지도 않은데요. 죄는 무게가 얼마나 나갑니까? 10파운드 정도 됩니까? 아니면 80파운드?"

목사는 그 청년에게 물었다.

"자네가 시체에 400파운드가 나가는 짐을 얹었다 해서 시체가 그 무게를 느끼겠나?"

청년이 대답했다.

"아니겠죠. 그것은 시체이니까 아무것도 느끼지 못할 것입니다."

이에 목사가 말했다.

"영혼도 마찬가지라네. 죽은 영혼은 죄의 무게를 느끼

지 못하고 그것의 부담에 무관심하며, 그것의 존재에 대
해서도 경솔하다네."

　청년은 입을 다물었다.

비오는 날 달맞이꽃에게

이 세상 슬픈 작별들은 모두
저문 강에 흐르는 물소리가 되더라
머리 풀고 흐느끼는
갈대밭이 되더라

해체되는 시간 저편으로
우리가 사랑했던 시어들은
무상한 실삼나무 숲이 되어 자라 오르고
목메이던 노래도 지금쯤
젖은 채로 떠돌다 바다에 닿았으리

작별 끝에 비로소 알게 되더라
사랑하는 것들은 모두 노래가 되지 않고
더러는 회색하늘에 머물러서
울음이 되더라

범람하는 울음이 되더라
내 영혼을 허물더라

뜰 앞에 잣나무

결국 나 혼자 가야 할 길을
길동무나 있을까 기다려보았네
어디에 있으나 나는
우주의 중심부
달빛 가득 찬 절간이지
복사꽃 만발한 부처님 손바닥
내가 걷는 대로 뚫리는 손금

새치

아이야 뽑지 않아도 된다.
내 인생도 때로는
눈물이었노라고
반짝이며 자라나는
은빛 실뿌리

2장

사랑이라는 것은 결코 반대말이 없습니다

50

아무도 흘러가는 시간의 강줄기를 막아 댐을 설치할 수는 없다.

— 李外秀

51

참새의 고백 나는 새 중에서도 보잘것없는 작은 참새입니다. 나의 생은 보잘것없지만 하나님은 나를 돌보십니다. 그는 나에게 깃털을 주셨습니다. 그것은 아주 평범한 것입니다.

붉은색 점 같은 것은 없습니다. 보이기 위한 것이 아니기 때문입니다. 그러나 그것은 겨울에 나를 따뜻하게 해주며 비를 막아줍니다.

만일 금빛이나 자줏빛으로 되었다면 자만심만 강하게 되었을 것입니다.

나는 헛간이나 창고도 없습니다. 씨를 뿌리거나 거두는 일이 없기 때문입니다. 하나님은 나에게 참새로서의 몫을 주셨지만, 그것은 지켜야만 할 어떤 씨앗은 아닙니다. 만일 내 먹을 것이 모자라면 조금씩 쪼아 먹으면 됩니다. 그것으로 생을 유지하기는 충분합니다.

많은 참새들이 있다는 것을 압니다. 온 세상에 걸쳐 볼 수가 있습니다. 그러나 단지 하나님만은 그들 중 한 마리가 땅에 떨어졌음을 아십니다.

아무리 작더라도 그는 기억하고 계시며, 또 아무리 약해져도 두렵지 않습니다. 하나님이 만들어내신 피조물의 생명을 그가 항상 지키신다는 것을 알기 때문입니다. 나는 무성한 숲 사이로 날아다닙니다. 나는 어떤 도표나 나침반도 없습니다.

하지만 길을 잃는 경우는 결코 없습니다.

52

　나무들은 혹독한 추위가 없으면 뿌리가 강인해질 수
없고 찌는 듯한 더위가 없으면 열매가 여물 수가 없다.

—李外秀

53

군자란 공자 일행이 진나라에 갔을 때 양식이 떨어져 문인들 가운데 병들어 눕는 사람이 잇달아 생기게 되었다. 자로는 분을 참지 못해 공자에게 들이대듯 말했다.

"군자도 궁지에 빠지는 수가 있습니까?"

"군자라고 궁지에 빠지지 않는 것은 아니다. 그러나 궁지에 빠졌다고 해서 마음의 안정을 잃게 되면 그것은 소인과 다를 것이 없다."

54

죄 중에서 가장 큰 죄는 자기밖에 모르는 죄.

—李外秀

55

여자란 누구든 독약 같아서 가슴 안에 잠시만 간직해
두어도 반드시 그 가슴 밑바닥에 치명적인 상처를 내는
법이다.

—李外秀

56

여자의 내력 발자크는 루이 필립 왕조 초기에 유명했던 바르카숑 공작 부인 살롱의 한 멤버였다. 어느 날 모임에서 여자의 심리에 대한 이야기가 벌어졌다. 그때 발자크 옆에 있던 한 부인이 말했다.

"선생님께서는 여자에 대해 참으로 잘 알고 계시는군요"라고 말하자 발자크는 대답했다.

"물론이죠. 나는 얼핏만 봐도 그 여자가 태어나 지금까지 무엇을 겪었는지 대강은 짐작할 수 있습니다. 그런데 어떨까요? 부인의 경력도 대략 맞추어볼까요?"

그러자 부인은 얼굴을 붉히며 애원했다.

"어머나, 그렇게 큰 소리로 말하지 마세요."

57

개구리의 최후 동부에 있는 어느 농장의 연못에 오리 두 마리와 개구리가 살았다. 이들 두 이웃은 아주 다정한 사이라 종일 함께 놀곤 했다. 그런데 뜨거운 여름이 오자 연못의 물이 마르기 시작했고 얼마 있지 않아 물은 조금밖에 남지 않게 되었다. 그들은 이곳을 떠나야만 한다는 것을 알았다. 오리는 날아가면 되지만 개구리는 어떻게 해야 할지가 문제였다.

마침내 결정이 났는데, 그들 두 마리의 오리가 부리로 막대기의 양끝을 각각 물면 개구리가 그 막대기를 입에 물고 매달려서 다른 연못으로 날아가는 것이었다. 그 결정대로 그들은 행동으로 옮겼다.

그들이 날아가고 있을 때, 들에 있던 농부가 그들을 보고는 감탄하며 말했다.

"아주 영리한 생각이야. 놀라운 걸! 누가 생각해 냈을
까?"

개구리가 대꾸했다.

"바로 내가……."

위대한 희생 수년 전, 한 젊은 어머니가 사우스 웨일스의 구릉 지대를 지나가고 있었다. 품 안에 어린 아기를 안고 있었는데, 앞을 가리는 심한 눈보라가 치기 시작했다. 그녀는 목적지에 도착하기 전에 죽었다. 얼마 후 눈보라가 그치고 난 후 그녀의 시체는 눈 속에서 발견되었다. 그런데 탐색단은, 그녀가 죽기 전에 그녀의 겉옷을 모두 벗어서 아기를 싸놓았음을 발견했다.

놀랍게도 그 아기는 아직 살아 있었다. 그녀는 아기를 위해서 자신의 생명을 버렸으며, 모성애로써 아이의 생명을 구한 것이다. 데이비드 로이드 조지라는 그 아이는 어른이 되어 영국의 수상이 되었으며, 영국의 가장 위대한 정치가 중 한 사람이 되었다.

59

산이 높아 그대 있는 곳에 못 간다면 진정으로 보고 싶지 않은 것이고 강이 깊어 그대 있는 곳에 못 간다면 진정으로 사랑하지 않는 것이다. 진정으로 보고 싶다면 아무리 산이 높아도 넘을 것이요, 진정으로 사랑한다면 아무리 강이 깊어도 건널 것이다.　　　　　　　—李外秀

60

사랑의 힘 한 젊은 숙녀가 어떤 책을 끝까지 읽고는 그녀가 읽었던 것 중 가장 재미없는 책이라고 혹평을 하였다. 그런 후 오래지 않아 그녀는 한 젊은이를 만나게 되었고, 그들의 우정은 사랑으로 무르익었으며, 급기야 그들은 약혼을 하게 되었다. 그가 약혼녀의 집을 방문한 어느 저녁, 그녀가 그에게 말했다.

"서재에 있는 어떤 남자가 지은 책을 읽은 적이 있는데 당신 이름이 그 남자의 이름과 같지 뭐예요. 굉장한 우연이죠?"

"아니, 난 그렇게 생각지 않아요."

그가 말했다.

"왜 그렇지요?"

"간단해요. 그건 바로 내가 쓴 책이거든요."

그녀는 그 책을 다시 읽기 위해 이른 아침까지 밤을 새웠고, 그것을 다 읽었을 때 그것이 이 세상에서 가장 재미있는 책이라고 생각했다.

61

　세상의 모든 사물들이 소리를 간직하고 있다. 하지만 혼자서는 절대로 그 소리를 밖으로 표출할 수 없다. 하다 못해 실낱같은 소리라도 밖으로 표출하려면 실낱같은 바람 한 가닥이라도 만나야 한다. 이럴 때 만남이란 얼마나 의미 깊고 소중한 것이냐.

—李外秀

62

사랑의 조건 어떤 젊은이가 그의 이상형의 소녀에게 보내는 편지에 마음속에 있는 헌신적인 사랑을 쏟아놓았다.

나의 사랑이여, 나는 당신을 위해서라면 가장 높은 산도 오를 수 있고, 가장 넓은 강도 헤엄쳐 건널 수 있고, 불타는 사막도 가로지를 수 있고, 목숨을 걸 수도 있습니다.

추신 : 토요일에 만나주십시오. 만약 비가 오지 않는다면.

63

불행이 흔한 이유 행복은 기운이 세지 못했지만, 불행
은 몸이 튼튼하고 힘이 세었다. 기운이 센 불행은 행복을
보기만 하면 덤벼들어 못살게 굴었다. 행복은 견딜 수가
없어서 이리저리 피해 다니다가 피할 곳이 없게 되자 하
늘로 날아올라갔다. 하늘로 올라간 행복은 제우스 신에
게 이 사실을 의논했다. 그러자 제우스 신은 이렇게 대답
했다.

"행복들이 모두 이곳에 있으면 나쁜 불행한테 고생을
당하지 않아 좋기는 하겠지만 세상 사람들이 너희들을
좋아하고 돌아오기를 기다리고 있으니 여기서만 살 수도
없지 않느냐. 그러니 여럿이 한꺼번에 내려가지 말고 여
기서 갈 곳을 보아두었다가 하나씩 하나씩 행복을 얻을
수 있는 사람에게 뛰어가도록 하여라. 그러면 괜히 여럿

이 가서 갈 곳을 찾다가 불행에게 붙들리지도 않고 좋지 않겠느냐?"

　이렇게 되어서 이 세상에는 행복은 좀처럼 볼 수가 없고 불행은 여기저기서 숱하게 볼 수 있게 된 것이라고 한다.

이별 '버들가지를 꺾는다'는 말은 한나라 때부터 있었다. 장안(長安) 동북 쪽에 패교(覇橋)라는 다리가 있었는데, 떠나는 이를 전송하게 되면 한나라 사람들은 언제나 이 다리에 나와 버들가지를 꺾어주면서 이별을 했었다. 이때부터 '절류(折柳)'는 이별의 뜻을 가지게 되었다.

65

무지만큼 무서운 무기도 없지만, 무지만큼 무서운 죄
악도 없다.   ―李外秀

인생이란 존 듀이의 90회 생일을 며칠 앞둔 한 모임에서 한 젊은 박사가 그의 생의 철학에 관해 수준 낮은 의견을 부지중에 말했다.

"생의 동기란 무엇입니까?"

"생의 동기란 당신을 끊임없이 산에 오르게 하는 어떤 힘이지요."

위대한 철학자는 재빨리 대답했다.

"등산! 그럼 그게 무얼 의미하는 것인가요?"

젊은이가 기죽지 않고 다시 응수했다.

"당신이 올라갈 새로운 산을 찾는 것이지요. 당신은 내려와서 그 다음 산에 오를 것이오. 그러고는 또다시 다음 산을 보고 다시 오를 것이오."

듀이는 젊은이의 무릎 위에 부드럽게 손을 얹고는 말

했다.

　"당신이 오를 다른 산을 찾기 위해 산에 오르는 것에 더 이상 흥미가 없어졌을 때 생은 끝나고 마는 것이오."

67

인간만이 이 지구의 주인공은 아니다.

—李外秀

68

고통의 효용 베토벤이 오케스트라의 포르티시모(아주 강하게)도 들을 수 없을 정도로 귀가 멀었을 때, 그는 최고의 오라토리오를 작곡했다. 존 밀턴은 앞을 완전히 볼 수 없게 되었을 때 위대한 걸작을 완성할 수 있었다. 월터 스콧은 말에 채여 집에서 수일간 누워 있을 때 〈최후의 음유시인의 노래〉를 지었다. 자기 자신의 고뇌에 찬 마음에서 흘러나오는 피와 색깔을 혼합해서 어떤 화가는 가장 훌륭한 그림을 그릴 수 있다. 어느 시대에서나 가장 위대한 사람들은 가장 큰 고통을 겪은 사람들이었다.

행위의 모순 세계적인 애창곡 〈즐거운 나의 집〉을 작사한 존 하워드 페인은 한 번도 가정을 가져본 적이 없었다. 그가 이 노래를 지은 것은 프랑스 파리에서 글자 그대로 엽전 한 푼 없는 처량한 신세에 놓여 있을 때였다. 그는 가정을 가지지 않고 이 지구 위를 헤매었다 한다. 1851년 3월 3일 C. E. 클라크에게 보내는 편지에서 그는 이런 말을 했다.

'이상한 얘기 같지만 세계의 모든 사람들에게 가정의 기쁨을 자랑스럽게 노래한 나 자신은 아직껏 내 집이라는 맛을 모르고 지냈으며 앞으로도 맛보지 못할 것이오.'

그는 이 편지를 쓴 1년 뒤 튀니스에서 사는 집도 없이 거의 길가에 쓰러지듯 이 세상을 떠났다. 그러다가 얼마

지난 뒤에 고향인 워싱턴의 오크 언덕 공동묘지에 이장
되어 비로소 안주할 땅을 얻었다.

70

　나는 인간이 동물로 다시 태어날 수도 있고, 동물이 인간으로 다시 태어날 수도 있다고 믿습니다. 그리고 지구 안에서만 윤회하는 것이 아니라 지구 밖에서도 윤회하죠. 잘 아시겠지만 먼지도 하나의 우주입니다. 먼지만 한 우주죠. 천체도 하나의 우주입니다. 물론 천체만한 우주죠. 인간은 천체와 천체 사이를 윤회하는가 하면 먼지와 먼지 사이를 윤회하기도 합니다. 시간과 공간 속을 윤회하는가 하면 그것을 초월해서 윤회하기도 합니다. 그러니까 우리는 죽어서 다른 별에서 다시 태어날 수도 있습니다.

—李外秀

71

누군가의 말을 믿고 따르는 자 후회할 일이 많겠지만
누군가의 행동을 믿고 따르는 자 후회할 일이 적으리라.

—李外秀

시간은 되돌릴 수 없어도 자연은 되돌릴 수 있습니다.
하지만 그것도 한계를 넘어서면 불가능하게 됩니다.

—李外秀

고별 인사 미국의 유명한 목사 필립 브룩스가 중병에 걸려 손님의 면회를 일체 사절하였다. 그런데 변호사 잉거솔만은 병실에서 면회를 허락했다.

"만나게 해주셔서 감사합니다."

정중하게 인사하는 변호사에게 임종을 앞둔 목사는 쇠약한 목소리로 대답했다.

"다른 사람과는 천국에서 또 만나겠지만 당신과는 다시 만날 수 없을 것 같아서……"

74

도인을 찾아서 먼 산속을 헤매지 말라. 그대 주변을 둘러보아 머리 위에 백설이 내린 이가 있으면 모두가 도인이리니.

—李外秀

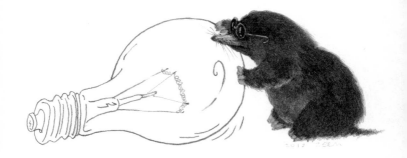

관찰의 힘 장사꾼 한 떼가 사막에서 승려 한 사람을 만나 물었다.

"우리는 한 마리의 낙타를 잃었소. 혹시 그걸 못 보셨습니까?"

그러자 그 승려는,

"그 낙타는 오른쪽 눈이 안 보이고 왼쪽 앞발은 절름발이에 앞니가 부러졌지요? 또 등의 한쪽에는 밀가루와 꿀을 지고 가지요?"라고 반문하였다.

그러자 장사꾼들은 깜짝 놀라서 그 승려가 낙타를 감춘 줄 알고 재판정으로 끌고 갔다. 승려는 재판관 앞에서 말했다.

"길의 한쪽만 풀이 뜯긴 자국을 보고 오른 눈이 없다는 것을 알았고, 모래에 왼쪽 앞발의 자국이 다른 발자국

보다 희미하게 나 있는 것을 보고 왼쪽 앞발이 절름발이
란 걸 알았으며, 뜯긴 풀잎이 가운데가 남아 있으니 앞니
가 부러진 증거 아니겠습니까. 또 길 한편에는 밀가루가,
다른 한편에는 꿀이 흘려져 있어 밀가루와 꿀을 싣고 가
는 줄 알았습니다. 그 낙타 앞뒤에는 사람의 발자국이 없
으니 그 낙타는 누가 훔쳐간 것이 아니라 길을 잃어 헤매
고 있는 것으로 생각되어 빨리 찾아보라고 하였던 것입
니다."

페르시아의 철인(哲人)이 어떻게 해서 그런 지식을 얻
었느냐고 물었다. 그러자 승려는 대답했다.

"모든 것을 잘 관찰한 덕분이지요."

76

　진실로 글을 쓰고 싶다면 놀부처럼 살지 말고 흥부처럼 살아라. 다리가 부러진 제비의 아픔을 내 아픔으로 느껴라. 글을 쓰는 일이 도를 닦는 일과 무엇이 다르랴. 내 마음 밖에 있는 것들을 모두 내 마음 안으로 불러들여 같이 슬퍼하고 같이 기뻐하라. 　　　　　　　　 —李外秀

어린 보조작가 극작가 제임스 배리 경이 어떤 가정을 방문했을 때의 일이다. 그 집의 어린 사내아이가 손님접 대용으로 나온 과자를 많이 집어 먹자 그의 어머니가 아들을 꾸짖었다.

"이 이상 크림을 먹으면 내일 병에 걸려요, 해리."

그러나 그 아이는 다시 한 개를 집어 들면서 말했다.

"나 오늘부터 병에 걸리고 싶어, 엄마."

옆에 앉아 있던 배리 경은 그 사내아이의 어리광에 감탄하여 그 장면을 자기 작품에 인용할 권리를 주면 1실링을 주겠다고 말했다. 이 이야기는 배리의 유명한 『피터 팬』에 삽입되었다.

재주만의 글쓰기를 배우는 일은 어렵지 않다. 무엇보다 중요한 일은 정신과 영혼이다. 재주만의 글쓰기로는 절대로 정신과 영혼의 글쓰기를 능가할 수가 없다.

—李外秀

사람의 심리 한 유명한 작가가 이렇게 말했다.

"나는 몇 만원 이상의 값비싼 책보다는 단 몇백 원이면 살 수 있는 작은 책을 더 좋아한다. 값비싼 책은 오히려 우정을 깨뜨린다."

그 이유는 값비싼 책을 친구에게 빌려주었을 때 그가 그 책을 돌려주지 않는다면 그 사람을 미워하게 될 것이기 때문이다. 그리고 그만한 일로 우리는 소견이 좁은 사람이 되어버리기도 한다.

그러나 몇백 원 하는 책은 그렇지 않다. 오히려 선뜻 남에게 주기도 하는 것이다. 그래서 값싼 책은 사람을 관대하고 친절하며 우정 깊은 사람으로 만든다.

이것이 이상야릇한 사람의 심리가 아닐까.

가장 값비싼 상품 배 안에 한 학자가 타고 있었다. 학자는 같은 배 안에 타고 있던 상인들로부터,

"도대체 당신은 무엇을 파는가?"

라는 질문을 받았다. 그러자 그는 대답했다.

"내가 파는 상품은 이 세상에서 가장 뛰어난 물건이오."

상인들은 그 학자가 잠들어 있는 틈에 그의 짐을 조사해 보았다. 그러나 아무것도 나오지 않아서 모두가 이 학자는 좀 돈 사람이 아닌가 하여 뒤에서 그를 비웃었다. 오랜 항해를 계속하는 동안에 배가 난파됐다. 모두가 짐을 잃고 가까스로 육지에 닿게 되었다. 그 후 학자는 그 마을의 시나고그(유대교 회당)에 가서 학생들을 가르쳤다. 그러자 마을 사람들은 그가 어느 학자보다도 뛰어나

다는 것을 알게 되었다. 그래서 그는 그 마을에서 아주 극진한 대우를 받아 현자(賢者)로서 부(富)를 이룩했다. 이것을 본 상인들은 감탄하여 말했다

"당신은 역시 옳았다. 우리들은 상품을 잃었지만 당신의 상품은 살아 있는 한 잃어버릴 염려가 없으니."

속마음 모모스는 결점을 찾아내거나 그것을 찾아내서
비난하고 조소하는 신이다. 인간의 가슴에 창(窓)을 만
들어 속마음을 곧 알 수 있게 하지 않았다고 대장장이 헤
파이스토스 신을 비난한 것은 유명한 예이다.

허영이라는 이름의 이불을 덮고 잠들면 반드시 사치라는 이름의 꿈에 빠지게 되고 사치라는 이름의 꿈에 빠지게 되면 반드시 위선이라는 배우자를 만나게 된다. 그들 사이에서 태어난 자식들은 대개의 경우 주체성을 상실한 채 유행의 조류에 휩쓸려 방황하는 껍질뿐의 인간이 되기 십상이다. 하지만 그들의 겉모습은 언제나 과장되어 있거나 위장되어져 있는 경우가 대부분이다. 이제마 선생 같은 명의를 열 명쯤 동원해도 완치시키기 힘든 난치병일 것이다.

—李外秀

고함 치는 재주 춘추 전국 시대에 공손룡(公孫龍)이라는 사람은 한 가지 재주라도 가지고 있는 사람이면 누구나 다 자기 집에 식객으로 붙들어두었다. 그러자 이 소문을 듣고 사방에서 재주꾼들이 모여들었다.

하루는 어떤 사람이 찾아와서 말했다.

"나는 고함을 잘 지르는 재주가 있으니 있게 하여 주시오."

공손룡은 이를 허락하였다. 그러나 1년이 가도 고함을 지르는 일이 없어 그는 놀고먹었다.

한 번은 공손룡이 연나라를 여행하고 돌아오는데 큰 강을 만나서 건너지 못하고 있었다. 그날 반드시 건너야 되겠는데 멀리 대안(對岸)에는 배가 있지만 아무리 소리쳐도 알아채지 못하는 것이 아닌가. 그 식객은 이것을 보고 지금이야말로 자신이 재주를 부려 보답할 때라고 생각했다. 그래서 그는 언덕에 올라서서 고함쳐 배를 불렀다. 그러자 그제야 알아듣고 배가 건너와서 공손룡은 위기를 면했다 한다.

가장 가벼운 여자 벨기에의 브루게에 사는 아드리안 귀오라는 부인은 23년 동안 652회나 약혼을 하였고 53회나 결혼하였다. 꼭 열이틀 만에 마음이 변한 셈이다.

'아마, 이것이 세계에서 가장 엉덩이가 가벼운 여자의 기록이겠지.'

청춘 어느 아버지가 전화기 옆의 메모판에 그의 딸이 쓴 종이쪽지가 붙어 있는 것을 발견했다.

'아빠, 저는 지금 머리 손질하러 가요. 만일 톰에게서 전화가 오면 8시에 전화해 달라고 전해주세요. 그리고 허브한테서만 전화가 올 경우에는 8시에 전화하라고 전해 주시고요. 만약 둘 모두에게서 전화가 올 경우에는 허브에게 8시 15분이나 30분에 전화하라고 하세요. 그리고 만일 톰이나 허브에게서는 전화가 오지 않고 티미에게서만 전화가 오면 그에게 8시에 전화해 달라고 전해주세요. 그런데 혹시 두 명 모두에게서 전화가 오든가, 그 중 한 명에게서 전화가 오면, 티미에게 8시 30분이나 8시 40분에 전화해 달라고 좀 전해주세요. 티나로부터.'

진정한 친구 춘추(春秋)시대의 제나라에 관중(管仲)과 포숙아(鮑叔牙)라는 두 신하가 왕을 모시고 있었다. 둘은 젊었을 때부터 아주 가까운 친구였다. 그들이 동업으로 장사를 했을 무렵, 포숙아는 제 몫을 많이 차지한 관중을 욕심쟁이라고 탓하지 않았다. 관중이 자기보다 가난하다는 사실을 잘 알고 있었기 때문이다. 또 관중이 여러 번 파면이 되었지만 무능하다고 욕하지 않았다. 일에는 운과 불운이 있다는 것을 알고 있었기 때문이다. 전쟁할 때마다 도망쳐 왔어도 비겁하다고 일컫지 않았다. 그에게 늙은 어머니가 있음을 알고 있었기 때문이다. 뒤에 춘추오패(春秋五覇)의 하나가 된 환공(桓公)을 도와 천하를 움직이는 대정치가가 된 관중은 이렇게 말하였다.

"나를 낳아준 것은 부모지만 알아준 것은 포숙아다."

87

　만물에게서 아름다움을 발견하는 일이 만물로부터 자
신을 사랑받게 만드는 일입니다. 당신은 본질적으로 아
름다운 사람입니다.

—李外秀

군주의 선택 한 폴란드의 군주가 사냥하다가 그의 일행을 잃어버리고 말았다. 그의 부하들은 며칠 후 시장에서 짐꾼이 되어버린 그를 발견했다.

그는 불과 몇 페니를 위하여 짐을 나르고 있었다. 그들은 무척 놀랐다. 처음에는 그 짐꾼이 정말로 그들의 군주인지 의심할 정도였다. 결국 그들은 그렇게 귀한 분이 그런 천한 일을 해서 자신을 그렇게 비천하게 만드는 것에 대해 불평을 토로하기 시작했다. 군주는 그들이 말하는 것을 듣고는 말했다.

"아무리 무거운 짐이라도 내가 있었던 세계의 짐에 비교하면 단지 지푸라기에 지나지 않았다. 나는 여기서 나흘 밤을 지내는 동안 전보다 더 많이 잠을 잤다. 나는 비로소 진정한 삶을 시작했으며 나 자신의 왕이 되었다. 이

렇게도 내가 잘 있는데 궁전으로 돌아간다는 것은 미친
짓이다."

책의 행방 아인슈타인은 돈에 대해서는 철저히 무관심했다. 아인슈타인은 미국의 석유 왕 록펠러 재단에서 1천 5백 달러짜리 수표를 받았는데, 이것을 현금으로 바꾸지도 않고 책상 위에 그대로 놓아두었다가 책을 보던 중에 수표를 책갈피에 끼워두었다. 얼마 후 보니까 수표만 없어진 게 아니라 책도 누가 집어가버렸다.

"돈이 좋긴 좋은 모양이지. 책까지 돈을 보고 따라갔으니."

90

어떤 사람들은 돈을 많이 벌고 싶은 욕심에 눈이 멀어 매사를 자기 입장에서만 생각한다. 그래서 오는 돈까지 쫓아버리는 어리석음을 범한다. 돈도 많은 이들에게 기쁨을 줄 수 있는 곳으로 흐르지 한 사람의 욕심이 뭉쳐 있는 곳으로는 흐르지 않는다.

—李外秀

광대의 하소연 1908년의 어느 날 저녁, 수척하고 슬픈 얼굴을 한 남자가 영국 맨체스터에 있는 제임스 해밀턴 박사의 사무실로 찾아왔다. 박사는 그 방문객의 우울한 모습에 놀라서 물었다.

"어디 아프시오?"

"네, 박사님. 전 대단한 병에 걸렸습니다."

"무슨 병인데요?"

"저는 저를 둘러싸고 있는 세상의 공포 때문에 질려 있습니다. 사는 것이 지긋지긋해졌습니다. 어디서도 행복과 즐거움을 찾을 수 없습니다. 박사님이 도와주시지 못한다면 저는 죽어버릴 것입니다."

"그런 것은 대단한 병이 아니오. 당신의 생활로부터 한 번 벗어나는 것이 좋겠소. 당신에겐 웃음이 필요합니다. 인생에 있어서 즐거움이 필요하단 말입니다."

"그럼 어떻게 해야 될까요?"

"오늘 밤 서커스에 가서 그리말디라는 광대를 보시오.
그는 세상에서 가장 우스운 사람입니다. 그가 당신을 치
료해 줄 것입니다."

슬픔의 경련이 그 불쌍한 사람의 얼굴에 나타났다.

"박사님, 농담하시는 겁니까? 내가 그리말딥니다!"

92

이 세상 만물이 아무것도 썩지 않으면 그 무엇이 저 푸른 숲을 키우랴.　　　　　　　　　　　—李外秀

의외의 결과 한 팀의 러시아 과학자들이 편안한 인생이 생명을 단축시키는가, 연장시키는가를 알아보기 위해 실험을 진행해 왔다. 그 결과에 대한 보고는 다음과 같다.

'동물의 수명에 대하여 일련의 실험이 있었다. 어떤 동물들은 이상적인 생활 조건을 부여받았다. 즉, 조용하고 상쾌한 공기, 많은 음식, 그리고 아무 방해도 없었다. 놀고 싶을 때 놀고 잠자고 싶을 때 자고 동물들의 털은 윤이 나기 시작하였다. 또 한 그룹의 동물들은 걱정과 기쁨이 포함된 조건에 놓여졌으며 온갖 종류의 방해와 놀라운 일들이 주어졌다.'

연구자들은 먼저 병들어 죽는 동물이 앞의 이상적으로 보이는 조건에 있던 것들이란 사실을 발견하였다.

남은 것 생선 장사를 막 시작하려는 어리석은 한 남자가 '오늘 신선한 물고기를 팝니다'라는 간판을 내걸고 개업식에 친구들을 초대했다. 모두들 그의 모험적 사업을 축하했는데, 그중 하나가 간판을 좀더 나은 내용으로 바꿀 것을 제의하였다.

"오늘, 이란 말이 무슨 의미가 있겠나? 그야 물론 오늘은 오늘이 아닌가."

그래서 생선장사는 그 말을 빼버렸다. 다른 사람이 말했다.

"팝니다, 란 말도 필요 없지 않나? 모두들 다 아는 건데 말야. 상점이란 말이 왜 있겠는가?"

곧 그 말도 없어져버렸다. 또다른 사람이 투덜거렸다.

"신선한, 이란 말은 왜 쓰지? 너의 성실함은 모든 생선

이 신선하다는 것을 충분히 보증하고 있는데."

결국 '생선'만이 남게 되었지만 또다른 반대자가 말했다.

"간판은 왜 거나? 나는 생선 냄새를 두 구역 밖에서부터 맡았다구!"

95

착하게 살면 손해 본다는 말은 착하지 못한 놈들이 만들어낸 유언비어니, 쌓아 놓은 재산이 천만금이라도 하는 짓이 짐승만 못하면 반드시 천벌을 면치 못하리라. 설사 본인이 천벌을 피하더라도 자손이 천벌을 대신하게 되리니 부디 착한 이를 비웃지 말지어다.　　　　—李外秀

96

변명 철학자며 극작가인 볼테르가 제네바와 가까운 도시에서 〈중국의 고아〉라는 자신의 작품을 상영할 때의 일이다. 그 연극을 구경 온 철학자 몽테스키외가 졸고 있었다. 그것을 본 볼테르는 그의 얼굴을 모자로 가리며 옆사람에게 속삭이듯 말했다.

"자고 있는 것이 아니오. 듣고 있는 것이오."

아첨 요새 사람들은 아첨이 늘어서 절하기를 좋아한
다. 심지어는 절을 잘해서 성공한 사람도 있다고 한다.
그러나 옛 사람은 절할 자리를 기막히게 소중히 여겨서
아니할 곳에는 죽어도 허리를 굽혀 절을 하지 않았다. 저
『귀거래사(歸去來辭)』로 유명한 도연명(陶淵明)이 팽택
령(彭澤令)이 된 지 80일 만에 그만둔 사실 또한 유명하
다. 도연명이 팽택령이 된 지 80일 만에 상관격인 독우
(督郵)가 팽택에 온다고 온 관내가 떠들썩하였다. 이속
들이 말하기를 현령께서도 중도까지 나가서 맞아들여야
한다는 것이었다. 도연명은 이를 보고 탄식하였다.

"5두미의 녹에 팔려 일개 독우에게 허리를 굽힌단 말
이냐!"

결국 도연명은 인(印)을 끌러 내던지고 집으로 돌아

와 『귀거래사』를 지어 자기의 회포를 달래고 일생을 은
거했다.

98

신념의 힘 사람들은 흔히 어떠한 일을 시작해 놓고 그 일이 실패로 돌아갈까 전전긍긍하며 심하게 조바심을 한다.

'만약 이번 일에 실패하면 나는 끝장이다! 자살이라도 해야 할 것이다.'

그러나 나는 그런 사람을 보면 다음과 같이 말한다.

"왜 당신은 자기 일에 자신을 못 가지시오? 오늘 실패 했다 해도 또 내일이 있지 않소!"

"나는 나 자신을 믿을 수가 없습니다."

그는 이렇게 말하며 눈에 안 보이는 운명의 손이 자기를 보호해 주기만을 바란다. 이러한 사람의 심리를 들추어 보면, 일종의 자기 열등감에 사로잡혀 있는 것이다. 나는 그런 어떤 사업가에게 이렇게 말한 적이 있다.

"당신은 어떤 경우라도 성공할 수 있소. 자신을 가지시오!"

시간이 지난 후 그는 나의 그 말 한마디에 큰 힘을 얻었다고 말했다. 자신을 가지라는 것은 인생을 적극적으로 살아가라는 의미이다. 실패 없이 걸어가기만을 원하기 때문에 패배감이나 열등감의 노예가 되는 것이다.

'이번에는 실패해도 이 다음에는 성공할 수 있다. 두 번째 실패했지만 세 번째는 일어설 수 있다.'

이와 같은 굳은 신념이 인생 항로에 주는 힘은 한없이 큰 것이다.

99

현대인들은 누구나 원자병에 걸릴 수 있는 자유도 부여받았고 누구나 기형아를 낳을 수 있는 가능성도 부여받았다. 그토록 인간이 자랑스럽게 생각하는 과학의 진보에 의해서.

―李外秀

100

노력이 없으면 보람도 없습니다. 어느 날 산토끼를 잡으러 갔다가 가시덤불에 얼굴만 긁히고 돌아온 저를 보고 할머니가 말씀하셨습니다. 남의 살을 먹으려면 내 살도 그만큼 내주어야 하느니라. 저는 환갑이 지난 지금까지도 공짜는 절대로 바라지 않습니다. ―李外秀

하고 싶은 일 한 가지를 하면서 살아가기 위해, 하기 싫은 일 열 가지를 하면서 살아가야 하는 것이 인생입니다.

—李外秀

우연과 필연 사이 언젠가 나는 한 재미있는 이야기를 읽었는데, 그것은 하나님이 전 대통령인 테오도르 루스벨트를 암살자의 총알로부터 어떻게 보호하여 주셨는지를 이야기한 것이었다.

대통령은 심한 근시였다. 그래서 그는 항상 두 벌의 안경을 지니고 다녔는데, 하나는 가까운 곳을 보기 위한 것이었고, 또 하나는 멀리 있는 것을 보는 데 쓰는 것이었다. 그의 마지막 대대적인 정치 캠페인 동안 그가 밀워키시에서 연설하고 있었을 때 시렌크라고 하는 남자가 그를 쏘았다. 루스벨트는 다쳤지만, 연설을 끝마치겠다고 고집을 부렸다. 나중에 의사가 그의 상처를 검사했을 때, 그는 대통령의 조끼 주머니 속에 있었던 강철 안경집 덕분에 총알이 심장으로부터 빗나가 목숨을 건지게 되었다는 사실을 발견했다.

"그것 정말 놀랍군!"

대통령은 조심스럽게 그 구부러진 안경집과 함께 그 안의 부서진 것들을 살펴보면서 말했다.

"나는 항상 두 벌의 안경을 갖고 다니는 것, 특히 그 쇠로 된 케이스에 담은 두껍고 무거운 안경을 귀찮게 여겨왔었다. 그런데 오늘 밤, 하나님께서는 나의 생명을 구하려고 그것을 사용하게 하셨다."

103

빈 공간의 주인 뉴욕에 있는 한 출판사가 『비어 있는 책(*The Nothing Book*)』이라는 백지로 된 책을 만들어 냈다. 그러자 이미 『잊혀진 기억(*The Memories of an Amnesia*)』이라는 백지로만 되어 있는 책을 출판한 벨기에의 출판사가 뉴욕의 출판사를 표절로 고소하였다. 그러나 뉴욕에 있는 출판사에서는 빈 공간은 공동의 소유라고 말하면서 그것은 표절이 아니라고 주장하였다.

104

명심하라. 그대가 땅에서 행하는 모든 일들이 하늘에 닿는다. 살면서 그대가 타인의 행복에 도움이 되면 하늘이 기뻐하여 그대를 도울 것이요, 살면서 그대가 타인의 행복에 방해가 되면 하늘이 대로하여 그대를 벌할 것이다.

—李外秀

105

지혜로운 대답 언젠가 자공이 공자에게 이런 것을 물었다.

"사(師)와 상(商) 가운데 누가 더 낫습니까?"

"사는 지나친 데가 있고 상은 좀 미치지 못한 데가 있다."

"그럼 사 쪽이 낫다는 말씀입니까?"

"아니다. 지나친 거나 미치지 못한 거나 마찬가지이다."

106

예술가는 작품이라는 진주를 만들기 위해 일부러라도
자기 자신의 생활에 상처를 내는 사람들이다.　　—李外秀

간발의 차 헤레몬 오네일은 제 오른손을 던져서 초대 아일랜드 국왕의 지위를 얻었다. 기원전 1015년, 헤레몬 오네일이라는 노르만의 해적 두목은 북아일랜드의 해안 지방을 점거하기 위하여 해상 원정대를 조직하였다. 이 원정에는 이름은 전해오지 않으나 또 한 사람의 북유럽 해적의 두목이 경쟁자로 나섰다.

두 두목은 어느 쪽이든 새 영토에 먼저 손이 닿는 사람 이 그 나라의 국왕이 되기로 약속을 하였다.

양편의 배는 동시에 출발하여 같은 때 목적지가 보이 는 곳까지 왔다. 그러자 오네일의 상대방은 갑자기 속력 을 내어서 앞서기 시작했다.

오네일의 군사들은 필사의 노력을 다하였으나, 공을 빼앗길 위기에 처하였다. 새 땅덩이가 손에서 빠져나가려는 순간 오네일은 기지를 발휘하였다. 그는 오른손을 칼로 잘랐다. 피가 뚝뚝 떨어지는 손목을 물을 향하여 커다란 포물선을 그리면서 던진 것이다. 던져진 그의 오른손은 경쟁자의 손보다 한순간 앞질러 육지에 닿았다.

그리하여 오네일은 북아일랜드의 현(現) 얼스타 지방의 초대 국왕이 되었고 그렇게 비롯된 오네일 왕조는 오랜 동안에 걸쳐서 얼스타 지방에 군림하였다. 그리고 그의 피묻은 오른손은 이 지방의 문장(紋章)인 '방패 속의 적십자의 한가운데에 있는 다른 하나의 방패 속의 오른손'에 불후의 광휘를 남기고 있다.

108

배움이 절실하지 않을 때는 백 년에 한번 들을까 말까
한 가르침도 지나가는 개소리로 흘려듣기 마련이다.

—李外秀

109

어떻게 살아야 하는가는 중요하다. 왜 살아야 하는가
도 중요하다. 그리고 그런 것들의 중요성은 고통 속에서
비로소 선명하게 발견되어진다.　　　　　　　　—李外秀

자선 이스라엘에는 요단 강 가까이에 큰 호수가 두 개 있다. 하나는 사해(死海)요, 하나는 히브리어로 '산 바다 (生海)'라 불리는 호수이다. '죽은 바다'에는 딴 데서 물이 들어오기는 하지만 아무 데도 나가지 않는다. '산 바다'는 물이 들어오기도 하고 나가기도 한다.

자선을 베풀지 않는 자는 '죽은 바다'와 같다. 돈이 들어오기만 하고 나가지를 않는다. 자선을 베푸는 자는 '산 바다'와 같다. 물이 들어오기도 하고 또 나가기도 한다. 우리는 '산 바다'가 되지 않으면 안 된다.

111

많고 많은 이름들 중에서 제일 그리운 이름은 그래도
사람.

—李外秀

112

어미의 마음 진(晉)의 환온(桓溫)이 촉(蜀)으로 가는 도중 삼협(三峽)을 지났을 때의 일이다. 수행원이 원숭이 새끼 한 마리를 붙잡아 배로 가지고 왔다. 어미 원숭이가 뒤를 쫓아왔는데, 그 어미 원숭이는 물을 사이에 두고 언덕에서 슬피 울고 있었다. 배는 아랑곳없이 달렸다. 그러자 어미 원숭이도 언덕을 따라 쫓아왔다. 천 리 남짓 지난 곳에서 배를 언덕에 가까이 대자 어미 원숭이가 배로 뛰어올라왔다. 그러나 어미 원숭이는 그대로 절명해 버리고 말았다. 그 배를 갈라보았더니 너무나 심한 슬픔 때문에 창자가 가닥가닥 끊겨 있었다. 이로부터 참을 수 없는 슬픔을 '단장(斷腸)'에 비유하는데, 사람도 원숭이도 사랑하는 자식을 잃었을 때의 심정은 같은 모양이다.

　비록 무생물이라 불리는 사물이라고 하더라도 그 어떤 사물이든 그 나름대로의 생명활동을 하고 있다. 사고할 줄도 알고 표현할 줄도 안다. 다만 그 형질이 인간과 다르기 때문에 인간이 그것을 느낄 수가 없을 뿐이다.

—李外秀

여자란 에드워드 7세가 열여덟 살 때 성년이 되었다는 성명이 공포되었다.

한 친구가 황태자에게 열여덟만 되어도 임금이 될 수 있는데 왜 우리는 스물한 살이 되지 않으면 부모의 동의 없이는 결혼할 수 없느냐고 물었다. 황태자가 대답하였다.

"여자를 지배하는 것이 왕국을 지배하기보다 더 힘들기 때문이지."

115

과학은 수시로 경이로운 것을 만들어내기는 하지만 보다 소중한 것을 소멸시켜 버리기도 한다.

예를 들자면 전화기의 발명 때문에 차츰 연애편지가 소멸되어 가는 것 따위가 그것이다. 그러나 무엇보다도 두려운 것은 과학이 마침내 모든 인류를 궤멸시켜 버릴지도 모른다는 추측이다. 언젠가는 인간의 과학 발달을 최대한으로 억제시키느라고 허둥지둥 정신을 못 차리게 될 날이 반드시 올 것이다. 그러나 양식을 갖추지 못한 어느 정서 불안정의 집권자가 있어 지금부터라도 단추 하나만 잘못 눌러버리면 세계는 끝장이다.　　　—李外秀

116

공기만큼 간절한 한 젊은이가 어느 날 소크라테스를
찾아와 이렇게 말했다.

"소크라테스 선생님, 저는 지혜와 학식을 얻으러 1천
5백 마일을 달려왔습니다."

소크라테스가 말했다.

"나를 따라오시오."

그는 젊은이를 해변가로 데려갔다. 그들은 물이 허리
에 찰 때까지 바다로 들어갔다. 소크라테스는 젊은이를
잡더니 그의 머리를 물속에 집어넣었다. 그는 버둥거렸
으나 소크라테스는 그대로 붙들고 있었다.

마침내 젊은이가 더 이상 몸부림치지 않자 소크라테스
는 비로소 그를 해변가에 데려다 눕히고는 시장의 광장
으로 돌아왔다. 젊은이는 정신을 차린 뒤 소크라테스에

게 돌아와 이와 같은 행동의 이유를 알고자 했다.

소크라테스는 그에게 말했다.

"물속에 있을 때, 당신이 가장 원했던 것은 무엇이었소?"

"저는 공기를 제일 원했습니다."

그러자 소크라테스가 말했다.

"당신이 공기를 원했던 만큼 지식과 예지를 몹시 원한다면, 그것을 가르쳐 달라고 누구에게 물어볼 필요가 없겠지요."

117

구름이 무한히 자유로운 것은 자신을 무한한 허공에다
내버렸기 때문이다.

—李外秀

동안의 비결 남곽자규(南郭子葵)가 여우(女偶)에게 물었다.

"그대 나이가 그처럼 많은데 얼굴이 아이와 같으니 웬일인가?"

그러자 여우는 대답했다.

"나는 도(道)를 들어서 그렇네."

119

자발적 고통 4세기에 수많은 고행주의자들이 유혹을 물리치고자 은자와도 같은 고통스러운 생활을 하였다. '육신적인 욕망'을 다스리기 위해서 그들이 했던 고행 중에는, 믿기 어려울 정도로 극단적인 것도 있었다.

성 아셉시마스는 온몸을 수많은 사슬로 묶어서 손과 발로 엉금엉금 기어 다녔다. 수도승인 베사리온은 그의 육체가 편안히 잠 자는 것마저도 용납하지 못했다. 40년 동안 그는 누워서 잠을 자지 않았던 것이다. 마카리우스 2세는 6개월 동안 늪 속에 발가벗고 앉아 있었다. 결국 6개월 후에 그의 몸은 모기에게 너무 많이 물려서 마치 나병 환자와 같은 모습이 되었다. 성 마론은 속이 빈 나무 줄기 속에서 11년 동안 생활하였다. 다른 고행자들도 동굴이나 야수의 굴, 물이 말라버린 우물, 심지어는 무덤에서 살기도 하였다.

불결함, 악취, 벌레들, 그리고 구더기로 인해 고통받는 것조차도 정신적으로 유익하다고 믿어왔다. 이러한 고통은 곧 육체에 대한 정신의 승리를 상징하고 있었다.

망명의 가을

폐병 앓는 가을은
외로움도 깊어라
낙동강 칠백 리에 물비늘로 쓸려가는
마흔 몇 해 내 인생의 조각들도 눈물겹구나
바람은 작두날로 내 인생을 가르고
철새들의 긴 행렬도 흐리게 지워진다
을숙도 모래밭에 파묻어 놓은 말 한마디
살. 아. 봐. 야. 지
갈꽃들이 무더기로 쓰러지는 서쪽하늘
노을만 붉어 내 뼈를 태우더라

도인 천상병과 술 한 잔을

고물처럼 쓰라리던 사랑도 저물어 가네
귀천(歸天)을 노래하던 시인의 마을
모든 풍경들이 석양으로 기울어지고
육십이 넘으니 비로소 세상이 달라 보인다는
법문을 들었네
흐린 세상 흐린 세월
대저 다른 것이 무엇인가 여쭈어보았더니
이제 세상에는 싫은 것이 하나도 없다는 말씀
불현듯 맑아지던 내 귀를 의심치 말라
따라주신 맥주잔 가득
목화송이 같은 구름 한줌도 눈부시던 날이여

3장

우주는 의문으로 가득 차 있는 것이 아니라
질문으로 가득 차 있다

120

모래알이라는 이름의 작은 지구 속에는 어떤 마음을
가진 시인들이 살고 있을까.　　　　　　　　　　　—李外秀

생각의 차이 마호메트가 어느 날 산을 꾸짖어 딴 곳으로 옮기게 한다는 소문이 널리 퍼져서 산이 쫓겨가는 모습을 구경하기 위해 사람들이 구름처럼 모여들었다. 예정된 시간이 되어서 마호메트가 엄숙한 표정으로 관중 앞에 모습을 나타내자 그들은 모두 긴장하여 숨을 죽였다. 마호메트는 준엄한 음성으로 산을 향해서 호령하였다. 그래도 산은 여전히 움직이지를 않았다. 그러자 군중들은 소란스러워지기 시작했다. 이때 마호메트는 태연하게 말했다.

"아무리 말을 해도 놈이 옮겨가려고 하지 않으니 옮겨갈 줄 아는 내가 옮겨가면 그게 그 턱이겠지……."

마호메트는 산과 사람들을 남겨놓은 채 자기 혼자 어슬렁어슬렁 걸어서 가버렸다.

좁쌀만 한 크기의 인간에게는 하나님도 좁쌀만 해 보이지마는 하나님만 한 크기의 인간에게는 좁쌀도 하나님만 한 크기로 보일 수밖에 없다. 인간은 결국 모든 대상을 자신의 크기만큼밖에는 측량할 수가 없는 동물이다.

—李外秀

123

호랑이의 착각 호랑이가 여우를 한 마리 잡았을 때 여우는 이렇게 말하였다.

"호랑이님, 나를 잡아먹지 마세요. 하느님께서 나를 짐승의 우두머리로 삼아주셨어요. 그러므로 나를 잡아먹으면 하느님의 뜻을 거역하는 것입니다. 거짓말이라고 생각하거든 나를 따라와보십시오. 어떤 짐승이건 나를 보면 반드시 위풍에 놀라 달아나버릴 테니까요."

호랑이는 그럴까 하고 의심을 품으며 따라가보았다. 그러자 여우가 말한 그대로였다. 하지만 호랑이는 그것이 실상 자기를 겁내서 달아나는 것이라고는 끝내 생각하지 못하였다.

124

스승의 반문 어떤 사람이 감옥에서 나온 월남 이상재 선생에게 문안 인사를 드렸다.

"선생님, 감옥에서 얼마나 고생하셨습니까?"

월남은 청년을 물끄러미 쳐다보더니 단호히 말했다.

"그럼 자넨 지금 옥외(獄外)에서 호강을 하고 있다고 생각하는가?"

125

베풂의 지혜 여름에 한 목사가 매우 훌륭한 장미를 수집하고 있는 어떤 부인을 방문하게 되었다. 그녀는 그를 데리고 나가 자신이 수집한 장미를 보여주었다. 백장미, 홍장미, 노란장미, 덩굴장미, 단지 속의 장미, 승리의 즐거운 거인과 겸손한 이끼 장미 등 그 목사가 알고 있는 모든 종류가 있었고, 더러는 그가 전혀 들어보지 못한 것들도 많이 있었다. 그 부인은 꽃을 꺾기 시작했다. 몇 개의 덩굴은 꽃 한 송이만을 남겨두고 모두 가지를 쳐버리는 것이었다.

목사가 말했다.

"당신은 왜 나무를 모두 잘라버리지요?"

그녀는 말했다.

"좋은 장미 덩굴을 만들려면 가지를 쳐내야 하는 것입

니다."

"우리가 자선을 베푼다고 해서 잃을 것은 아무것도 없
습니다."

이것은 보편적인 법칙이다. 우리가 무엇을 남에게 베
푼다고 해서 그것을 결코 잃는 것이 아니며 도리어 그것
으로 말미암아 빛을 내게 되는 것과 같은 이치이다.

126

하늘이 햇빛과 비를 내려 사과나무를 꽃피우는 것은
결코 사과가 먹고 싶어서가 아니다.　　　　　—李外秀

127

올곧음 진나라의 평공(平公)이 큰 종을 만들어 당시의 유명한 악인(樂人)들에게 종소리를 시청(試聽)케 하였다. 그러자 악인들은 모두들, 음률에 맞는다고 칭찬하였다.

그러나 사광(師曠)만은 어찌된 일인지 반대하면서, 박자가 맞지 않다며 다시 만들기를 한 발짝도 양보하려들지 않았다. 평공은 이상하게 생각하여 사광에게 물었다.

"그런데 다른 악인들은 모두 입을 모아 음률에 맞는다고 하지 않는가?"

그래도 사광은 자기의 주장을 굽히지 않았다.

"후세에 귀가 좋은 자가 나타나서 이 종소리를 듣고 그 박자가 틀린 것을 비웃게 된다면 이 얼마나 큰 수치이겠습니까?"

그 후 위(衛)나라 영공(靈公) 때가 되어서 사연(師涓)이라는 악인이 이 종소리를 듣고 사광의 귀는 정확했었다고 말했다고 한다.

이 세상으로 올 때도 마음 하나 가지고 왔고 저 세상으로 갈 때도 마음 하나 가지고 간다. 아무리 많은 것을 움켜잡고 있어도 정작 그대 것은 단 하나도 없고, 우주 어디를 가든 오로지 마음 하나만 그대 것일 뿐이다.

—李外秀

129

사람 냄새 아인슈타인은 여행을 할 때마다 항상 3등 열차를 이용하였다. 그의 조수가 이상히 여겨 그 이유를 물었더니 다음과 같이 대답했다.

"나는 항상 3등차 타기를 좋아하네. 3등차 안에서는 많은 나의 친구들을 발견할 수 있지. 그들은 곧 나와 친해지고 또 멀리 떠나가버릴 수도 있네. 그러나 내가 이런 소탈하고 친근한 분위기를 떠나 2등차를 이용한다면 그만큼 많은 친구들을 잃어버리지 않겠는가? 내가 3등차의 단골손님이 된 이유가 바로 여기에 있네."

130

천사의 빈 바구니 인간들의 기도를 모으려고 세상으로
보내진 두 천사에 대한 전설이 있다.

한 천사는 그의 바구니에 사람들의 소원하는 기도를
가득 채우려 했다. 다른 천사는 그 바구니에 인간들의 감
사하는 기도를 모으려 했다.

얼마가 지난 후 그들이 하나님의 나라로 되돌아왔다.

한 천사는 바구니가 넘칠 정도로 인간들의 수많은 소
원을 가지고 왔다. 그러나 인간의 감사를 담아 오겠다고
내려간 천사의 바구니는 거의 비어 있었다. 그 천사는 슬
프고 무거운 마음으로 돌아왔다. 인간들이 감사하는 기
도를 천사가 열심히 찾아다녔으나 그것은 세상에서 아주
드물게 들렸던 것이다.

131

　진정한 신앙인은 자신의 힘으로 어떻게 해서든 이루어 보려고 노력해 보지 않는 것에 대해서는 절대로 하나님께 기도해서 이루어 달라고 부탁드리지 않습니다.

—李外秀

132

주인을 보면 이빨을 드러내고 도둑을 보면 꼬리를 흔 드는 개가 있습니다. 어떻게 하면 좋을까요.　　　—李外秀

집중 어느 날 루터가 개에게 고기를 주려 하자 개는 입을 크게 벌리고 주인을 올려다보고 있었다. 그것을 보고 루터는 말했다.

"이 개가 고기를 보는 것처럼 나도 신에게 기도할 수 있으면 좋겠다. 이 개는 오로지 한 조각의 고기 생각에 다른 잡념이나 희망은 전혀 없다."

134

가난하다는 것은 죄가 되지는 않더라도 죄스러움을 자주 느끼게 만든다.

—李外秀

아이러니 1850년 전후, 문호 뒤마는 하루 3프랑이면 처자를 부양할 수 있었던 시대에 연수입이 80만 프랑이나 되었다. 홀몸으로 파리에 올라온 그는 왕후 못지않은 호화로운 생활을 했다. 그러나 만년에는 금화 한 닢과 몇 푼의 잔돈밖에 남지 않았다. 그는 태연하게 이렇게 말했다.

"이 돈은 50년 전 내가 파리에 올 때 가지고 있던 돈과 같은 액수이다. 50년간을 실컷 썼는데도 한 푼도 줄어들지 않았으니 나를 낭비가라고 비난할 자 누구냐."

위인들의 공통점 몸에 심한 결함을 지니고 있음에도 불구하고 불후의 명성을 얻었거나 성공한 사람들이 이 지구상에 얼마나 많은가?

호머와 밀턴은 눈먼 시인이었다.

베토벤은 귀가 멀어 천둥 소리도 듣지 못했지만 그는 그의 영혼으로 음악을 만들었고, 그 음악의 위대성은 오늘날까지도 칭송되고 있다.

알렉산더 대왕은 곱사등이였고, 로마 교황 알렉산더도 그러했는데, 그는 더욱이 매우 고통을 겪고 있는 병약자였다.

사도 바울은 야릇한 모습의 난쟁이였는데 이로 인해 야비한 적들로부터 '3큐빗(약 150cm정도)의 키'라고 조롱을 당했으나, 성 크리소스 톰은 그에 대하여 '그럼에도 불구하고 그는 별들을 만진 사람이었다'고 말하고 있다.

호라티오 넬슨과 나폴레옹도 신장에 있어서는 그와 같았다. 셰익스피어도 그 자신의 증언에 따르면 절름발이였으며, 스콧, 바이런, 캘빈도 그러하였고, 철학자 에픽테토스는 말할 것도 없다.

137

조의문 소동 나쁜 비판이 그치지 않자, 화가 난 베버 (독일의 작곡가)는 자기가 급사했다는 부고를 냈다. 그러자 얼마 되지 않아 경의를 표하는 조의문들이 밀려들었다. 지금까지 그를 비평하던 한 사람의 조의문에는, '독일의 음악계는 이 천재적인 작곡가의 죽음으로 무엇과도 바꿀 수 없는 큰 손실을 입었다'고 씌어 있었다. 그러자 베버는 장난꾸러기처럼 웃으며 말했다.

"이 사내는 나의 일을 다시 한 번 호되게 비판하지 않으면 안 될 것이다."

138

　자신의 이득만을 생각하면서 세상을 살아가는 사람은 마음의 그릇이 간장종지 만하고 타인의 이득까지를 생각하면서 세상을 살아가는 사람은 마음의 그릇이 김칫독 만합니다. 그대 마음의 크기는 타인이 평가할 때 어떤 그릇에 비유될 수 있을까요.

　　　　　　　　　　　　　　　　　　　　　　　　　—李外秀

139

아름다운 외모는 한순간에 알아볼 수 있지만, 또한 한순간에 싫증이 나기도 합니다. 그러나 아름다운 마음은 오랜 시간이 지나야 진가를 파악할 수 있지만 아무리 오랜 시간이 지나도 싫증이 나지 않습니다. 당신의 아름다운 마음, 독서로 가꿀 수 있습니다.

—李外秀

독서의 힘 지식과 지혜와 이해심이 많기로 유명한 미국의 상원의원이 질문을 받았다.

"의원님, 당신은 교육을 많이 받지도 않았는데 어떻게 국제적이고 국가적인 일에 대해 많은 지식을 가지고 계십니까? 그렇게 많은 지식을 어디서 얻으셨습니까?"

그의 대답은 간단명료했다.

"내가 18세가 되던 해에 하루에 2시간씩 독서할 결심을 했습니다. 매일 2시간씩 신중하게 사고를 하며 책을 읽었습니다. 기차에서, 호텔에서, 대기실에서 나는 읽었습니다. 잡지, 뉴스, 정치 보고서, 훌륭한 책들, 시집, 성서 등."

그리고 그는 덧붙였다.

"당신도 시도해 보십시오. 아마 자신도 모르는 사이에 지식인이 될 것입니다."

혼자라는 사실보다 더 가혹한 형벌은 없다.

―李外秀

142

장담은 금물 미국 특허청 위원장인 헨리 J. 엘스월스는 사람들에게 자신의 사임은 별 관심거리가 되지 않을 것이라고 확언했다.

"인간은 이미 가능한 것은 모두 얻었습니다. 더 이상 발명은 없을 것이며, 따라서 특허청도 앞으로 필요하지 않게 될 것입니다."

그러나 그가 사임한 해는 증기선, 해저 전신 케이블, 전등, 전화, 자동차, 비행기가 발명되기 전인 1844년이었다. 그가 사임 후에도 일련의 많은 발명품들이 계속해서 발명되었던 것이다.

143

　신은 인간의 모습을 오직 공통된 형태로 창조해 내었지만, 인간은 얼마나 다양한 형태의 신을 창조해 내었는가.　　　　　　　　　　　　　　　　—李外秀

누이의 뉘우침 손변이 경상도의 안렴사로 있을 때, 누이와 아우 간에 서로 송사(訟事)하는 바가 있었다. 부모가 임종할 때 누이에게는 집 재산을 모두 물려주고, 아우에게는 검은 의관 한 벌과 미투리 한 켤레, 종이 한 권을 물려주었다는 것이다.

손변이 이야기를 듣고는 두 사람을 앞에 불러놓고 이르기를,

"부모의 마음은 자식 누구에게나 똑같은 것이오. 돌아보건대, 재물을 누이에게만 준 까닭은 혹 재물을 누이와 동생에게 똑같이 나눠주면 누이의 동생에 대한 사랑이 온전하지 아니할까 하는 걱정에서이며, 아우에게는 장차 장성해 이 종이로 소장(訴狀)을 작성하여 검은 의관에 미투리를 신고 관가에 고하면 이 일을 바르게 판별하여

줄 사람이 있을 것이라는 생각에서 그것들만을 남겨주었
을 것이오"라고 말했다.

그 이야기를 들은 누이는 비로소 뉘우치고 동생에게
재물을 나눠주었다 한다.

145

천함과 성스러움 불경 『수타니파타』에는 다음과 같은 말이 전해져 내려온다. 사람은 그의 출생에 의하여 천한 자가 되는 것이 아니다. 또 그 출생에 의하여 성스러운 자가 되는 것도 아니다. 사람은 다만 그의 행위에 의하여 천한 자가 되고, 또 그의 행위에 의하여 성스러운 자가 된다.

146

그대가 진실로 누군가를 사랑한다면 자존심 따위는 과감하게 시궁창에 내던져 버릴 수 있어야 한다. 때로 과도한 자존심은, 그대의 믿음과 사랑과 소망을 한꺼번에 박살내버리는 망치로 돌변하기도 한다. ―李外秀

사랑의 맹세 스코틀랜드 댐프르이 '스위트 하트 사원 (寺院)'은 영어의 'sweet heart'가 '애인'을 뜻하는 데 원인이 되었다.

이 사원은 1209년에 죽은 버나드 성주(城主) 존 바리올의 아내 데보기라 부인이 세운 것인데, 부인은 남편이 죽은 뒤에 남편의 심장을 향(香)으로 채워 상아의 함에 넣고 이것을 '나의 가장 사랑하는 심장, 말 없는 반려'라 하여 늘 가슴에 품고 있었다.

부인은 세상을 떠나기 전에 '만일 내가 죽으면 굳게 맺힌 두 마음이 영원히 함께 지낼 수 있도록 내 가슴 위에 남편의 심장을 안긴 채 묻어주오'라는 유언을 하였다.

부인 생전에 마련해 놓은 묘지에 사원(寺院)을 세우고, 이 절을 '달콤한 마음'이란 라틴어로 이름 붙였는데,

후일에 영국식으로 고쳐서 '스위트 하트 사원'이라 부르게 되었다. 1220년 부인이 죽자마자 비로소 '스위트 하트'란 이름이 문학작품에 나타나고, 그 이후로 영어를 말하는 사람 사이에서 '애인'의 동의어로 널리 일반적으로 쓰이게 되었다.

148

천문학에서는 스스로 빛을 낼 수 있는 천체에만 별의 자격을 부여한다고 합니다. 그러니까 지구는 별이 아닙니다. 태양이라는 별에 속해 있는 행성 중의 하나일 뿐입니다. 하지만 별이 아니면 어떤가요. 우리가 진심으로 사랑하면 그만이지.

—李外秀

친구란 영국의 어느 출판사는 '친구'란 낱말에 대해서 제일 좋은 정의를 내린 사람에게 상금을 걸었다. 수천이나 되는 정의 중 다음 것들이 선택되었다.

'기쁨은 곱해 주고 고통은 나눠 갖는 사람.'

'우리의 침묵을 이해하는 사람.'

'많은 동정들이 쌓여서 옷을 입고 있는 것.'

'언제나 정확한 시간을 가리키고 절대로 멈추지 않는 시계.'

하지만 다음의 정의가 1등을 차지했다.

'친구는 온 세상이 다 나의 곁을 떠났을 때 나를 찾아오는 사람이다.'

동전 속 얼굴 오늘날, 링컨의 얼굴이 왜 보다 큰 화폐 단위에 그려져 있지 않고 동전에 새겨져 있는지를 아는 사람은 거의 없을 것이다.

자유에 대해서는 아무것도 알지 못하고 배고픔과 결핍에 대해서는 많은 것을 알았던 데이비드 브레너가 러시아에서 미국으로 온 이후, 그는 그곳에서 자유와 무한한 가능성을 발견하였다. 그 후 브레너는 유명한 조각가가 되어 "주님은 백성을 사랑해야만 하고, 그 분은 많은 백성을 그렇게 사랑해 왔다"라고 말한 사람의 얼굴을 미국에서 가장 가치가 적은 동전 위에 새기는 일을 맡았다.

브레너는 어떤 화폐보다도 일반 서민의 주머니 속에 많이 들어 있는 동전에 그 얼굴이 새겨져야 한다고 생각했던 것이다.

151

태산 같은 지식이 티끌 같은 깨달음만 못하다.

—李外秀

152

법관들은 대개 비가 내려도 옷과 살갗만 젖을 뿐 가슴
이 젖지는 않을 듯한 얼굴들을 가지고 있다. 근엄함에 짓
눌려 낭만이 질식사해 버렸기 때문이다.　　　　　―李外秀

153

작가 정신 오스카 와일드는 어느 날 이런 질문을 받았다.

"오늘 하루를 어떻게 지내셨습니까?"

그러자 그는 대답했다.

"오전 중에는 시를 하나 쓰고 콤마를 하나 지워야 했지요. 그리고 오후에는 그 콤마를 하나 다시 써넣어야만 했습니다."

154

자부심 성미가 고약한 라 피야드 원수가 프레세 신부에게 모욕적인 말을 했다.

"솔직히 말해서 당신 아버지가 아직 살았더라면 당신을 보고 여간 기뻐하지 않았을 것이오."

이것은 프레세 신부가 이름 없는 평민의 아들인 것을 우롱한 것이다. 그러자 프레세 신부는 대답했다.

"원수께서 생각하시는 것과는 다를 것입니다. 신부가 된 것은 아버지의 아들이 아니고 나 자신이니까요."

155

세속의 저울과 잣대를 개무시해 버리기. 그것들로는 그대의 미래도 진실도 측량할 방법이 없다는 사실을 자각하기. 꿈을 실현하기 위해 혼신을 다해서 노력하기. 허송해 버린 날은 억울해서 잠 못 들기. 존재하는 모든 것들을 사랑하기. 비열하게 살지 않기. ―李外秀

어떤 시공에서도 끝을 의미하는 죽음이란 존재하지 않는다. 죽음이란 언제나 새로운 출발을 의미할 뿐, 즉 달리 말하면 죽음은 곧 탄생의 이음동의어에 불과하다.

—李外秀

157

인생의 비결 어떤 장사꾼이 온 거리를 누비고 있었다.

"인생의 비결을 사실 분 없습니까?"

그 장사꾼은 그렇게 큰 소리로 외치며 돌아다니고 있었다. 온 거리의 사람들이 인생의 비결을 사기 위해 금세 구름처럼 모여들었다. 그 가운데에는 랍비도 몇 사람 섞여 있었다.

"어서 그 물건을 삽시다."

사람들은 서로 다투어 졸라댔다. 그러자 그 장사꾼은 사람들을 조용히 시킨 다음,

"인생을 참으로 사는 비결은 자기 혀를 조심하여 쓰는 것입니다"라는 진중한 말을 남기고는 유유히 사라져버렸다.

158

창포꽃의 전설 옛날 중국에 칼 잘 쓰는 청년이 있었는데, 그는 스승의 말씀대로 적을 존경하고 자기 재주를 자랑치 않아 중국엔 이 청년을 당할 용사가 없었다. 그런데 어느 날, 술을 마시고 애인 앞이라 그만 자기가 칼을 제일 잘 쓰는 사람이란 말을 하고 말았다. 그러자 옆에 있던 노인이 이것을 막아보라며 지팡이로 이마를 내려치자 청년은 그 자리에서 그만 죽고 말았다. 이 노인은 청년의 스승이었다. 노인은 청년의 시체를 묻고 어디론지 사라졌다. 그 후 그 무덤에서 칼처럼 생긴 풀이 돋았는데, 후회하듯 겸손히 피었다. 이 꽃이 바로 창포꽃이다.

159

이제는 인간의 진보를 위해서 물질문명이 존재하는 시대가 아니라 물질문명의 진보를 위해서 인간이 존재하는 시대처럼 되어버렸다. 낭만도 사라져버리고 사랑도 사라져버렸다. 희망도 사라져버리고 구원도 사라져버렸다. 대부분의 인간들이 기계화되었다. 그리고 가슴을 굳게 닫아 건 채 서로서로 멀어져 가고 있다. 진보여, 더욱 진보하라. 노스트라다무스가 예언했다는 지구 최후의 그날까지.

—李外秀

160

무성의한 반복 '경험'이란 이름의 학교는 꽤 거친 기관이며, 그곳에서 교훈을 얻지 못할 때 훨씬 더 거칠어진다.

한 학교 교장이 적절한 승진 발령을 받지 못했다고 교육감에게 항의했던 경우가 있다.

교장이 말했다.

"결국 내게는 25년의 경험이 있잖소."

그러자 교육감이 말했다.

"아니오, 조. 바로 그 점에서 자네가 틀린 거요. 당신은 한 해의 경험을 25회나 반복했을 뿐이오!"

　인류는 무지를 근거로 발전을 도모하고, 발전을 근거
로 멸망을 재촉하는 역사를 반복하고 있다.　　―李外秀

162

정의가 깃발이라면 상식은 깃대에 해당한다. 깃대가 사라져버린 사회에서 어찌 깃발이 제대로 펄럭일 수가 있으랴.

―李外秀

163

우의 춘추시대의 대국인 진나라는 부리나케 둘레의 소국을 병탄하면서 세력을 펼치고 있었다. 이는 진나라 헌공 때의 얘기다. 헌공은 전부터 괵을 치려고 틈을 엿보고 있었는데, 괵을 치기 위해서는 아무래도 우나라를 통과하지 않을 수 없었다. 그래서 영토 내의 통행 허가를 우나라에 청하게 되었는데, 그곳에는 궁지기(宮之奇)라고 하는 현신이 있었다. 그는 임금에게 간하였다.

"괵과 우는 끊지 못할 사이로 속담에도 보거상의(輔車相依)하고 입술이 망하면 이가 시리다고 합니다만, 흡사 그러한 관계입니다. 괵이 망한다면 우도 망하겠지요."

그러나 우공은 이 말을 듣지 않았다. 아니나 다를까 진이 괵을 치자 그 여력으로 우를 아주 손쉽게 처부수어버렸다.

성인의 변명 인디언 전설에 의하면, 어느 사악한 뱀이 수도하는 성인을 만나기 전까지는 이웃의 모든 이들을 공포에 몰아넣었다고 한다. 성인을 만난 뱀은 그를 해칠 수 없었고, 똬리를 틀고 앉아 인간에게 친절해야 한다는 엄한 훈계에 귀를 기울여야 했다. 그 성인은 뱀에게서 어느 누구도 물지 않겠다는 다짐을 받고 나서야 길을 떠났다.

그 뱀은 그것을 참아내기에 무척 고통스러웠음에도 불구하고 끝내 그 약속을 지켰다. 그러나 그의 이웃들은 그가 선해진 것이 나이가 들어 싸우지 못하기 때문이라고 생각하고는, 그 뱀을 향해 돌을 던졌다. 그때쯤 그 성인이 다시 뱀을 방문했다. 그러나 이미 뱀은 너무나 가엾게 변해 있었다. 뱀이 말했다.

"당신과 맺은 약속 때문이오!"

그러자 성인이 말했다.

"나의 친구여. 나는 그대에게 어느 누구도 물지 말라고 했지 쉿 소리를 내어 위협하는 것마저도 금지한 것이 아니었소."

165

덕과 지혜를 쌓으라고 한 말은 사랑을 받는 그릇의 크기를 늘리는 데 노력을 게을리 하지 말라는 뜻입니다. 지혜는 사랑을 사랑인 줄 알게 하고 덕은 그것을 남에게 베풀게 합니다. 그리고 그렇게 함으로써 사랑을 받는 그릇은 자신도 모르는 사이 점차로 커지게 됩니다. 그리고 그릇이 커질수록 더 많은 것들에게서 아름다움을 느끼게 됩니다.

— 李外秀

166

꿩 먹고 알 먹고 선생님이 남자 아이들에게 부자와 나사로의 이야기를 해주고는 물었다.

"자, 여러분, 여러분은 부자와 나사로 두 사람 중 어떤 사람이 되길 원하죠?"

한 소년이 대답했다.

"저는 살아 있는 동안에는 부자와 같은 사람이 되었으면 좋겠고요, 죽었을 때는 나사로 같은 사람이 되었으면 좋겠어요."

타임머신 영국의 정치가 노스 경이 수상으로 있을 때의 일이다. 노스 경은 국회에 호출되어 조선안(造船案)에 대한 제안 설명을 듣게 되었다. 제안자의 설명이 『구약성서』에 나오는 노아의 홍수 때의 방주(方舟)에 대한 이야기에서 스페인의 알마다 함대 이야기까지 이르렀을 때, 수상은 졸다가 그만 코를 골기 시작했다. 옆에 앉았던 같은 각료의 한 사람인 그레이 경이 잠을 깨우자 수상은 물었다.

"저 명예로운 신사께서는 지금 어느 시대까지 왔나?"

"지금 엘리자베스 여왕 1세 시대까지 왔습니다."

"그러면 자네는 왜 한두 세기 좀더 자도록 내버려두지 않고 그랬나?"

합격의 기준 카네기는 자기 회사의 직원 채용시험에서 화물을 포장한 밧줄 끄르기를 시험 과목에 넣었다. 시험 결과, 꼼꼼히 차례로 끄른 자는 모두 불합격이 되고 칼로 썩썩 잘라버린 자는 모두 합격이었다. 카네기는 말했다.

"스피드 시대인 지금 만큼 끄르기에 시간을 다 보내면 다른 사무는 언제 본단 말인가? 그런 비능률적인 사원은 필요가 없다."

169

코끼리의 비애 코끼리는 거대한 짐승이지만 생쥐를 두려워한다. 그것은 터무니없는 것처럼 보이지만 그렇지 않다. 이 거대한 짐승이 조그마한 생쥐 한 마리에게 몸을 움츠리는 것이다. 거기엔 충분한 이유가 있다. 코끼리란 원래 사자나 호랑이 또는 천적과는 싸워 자신을 보호하지만 조그만 쥐와는 싸움을 하지 못한다. 쥐는 너무 작아서 코끼리의 발아래 짓밟히거나 그의 코에 붙잡히지 않고 코끼리의 등을 타며 뛰어다닌다.

무엇이든지 반대로만 하는 우화 속의 청개구리에게 왜 엄마는 불효자가 되어주기를 권유하지 않았을까, 지혜롭지 못했기 때문일 것이다. 때로는 지혜롭지 못한 부모가 자식의 장래를 망쳐버리고 만다. 애정만으로는 올바른 교육이 이루어지지 않는다. 전인적 인간이란 애정과 지혜가 겸비되어진 토양에서 자라난 사철나무와 같은 것이다.

—李外秀

2010 2

171

  현명한 자는 명주실 한 가닥처럼 가느다란 인연만 스쳐도 그것을 붙잡아 성공의 실마리로 삼고, 어리석은 자는 동아줄같이 믿음직스러운 인연을 곁에 두고도 그것을 하찮게 여겨 실패만 거듭하게 된다. ─李外秀

172

오도에서 비롯된 비극 미국 동부에 혹심한 눈보라가
몰아쳐서 기차가 앞으로 나가기가 점점 힘들어졌다. 기
차는 천천히 가고 있었다.

승객 중에 아기를 가진 한 여인이 있었는데 다른 기차
역에 잘못 내리지 않기 위해서 무척이나 신경을 쓰고 있
었다. 한 신사가 그 여인이 안절부절못하고 있는 것을 보
고 말했다.

"걱정하지 마십시오. 제가 이 길을 잘 압니다. 내리실
곳이 오면 알려 드리지요."

기차는 예정된 코스대로 나아갔고 그 여인이 내리려는
바로 전 정거장에 멈춰 섰다.

"다음 정거장에서 내리십시오, 부인."

신사가 말해 주었다.

기차는 계속 달리기 시작했고 2, 3분 후에 다시 멈췄다.

"이제 내리실 차례입니다, 부인. 어서 내리십시오."

신사가 말했다.

그 여인은 아기를 안고 신사에게 고맙다는 말을 한 뒤 기차에서 내렸다. 다음 정거장에서 차장이 그 여인이 내리려고 했던 정거장 이름을 크게 외쳐 알렸다.

"그 정거장은 지나지 않았소?"

신사가 차장에게 물었다.

"아닙니다, 선생님. 엔진에 고장이 생겨서 수리하는 동안 잠깐 섰었습니다."

차장이 대답했다.

"아뿔싸. 기차가 역 사이에 멈췄을 때 내가 그 여인을 폭풍 속에 내려주고 말았구나!"

후에 사람들이 아기를 안고 있는 그 여인을 발견하였다. 그들은 얼어 죽어 있었다. 이것은 바로 잘못 인도하여 준다는 것이 얼마나 무섭고 비극적인 결말을 낳는지에 대한 교훈이다. 하물며 영혼을 잘못 인도한다면 그 결과가 얼마나 끔찍할 것인가!

공수래공수거 여우 한 마리가 포도원 곁에서 서성거리며 어떻게 하든지 안으로 들어가려고 애쓰고 있었다. 그러나 울타리가 있어서 기어 들어갈 수가 없었다. 그래서 여우는 사흘 동안 단식하고 몸을 여위게 한 다음 간신히 울타리 사이를 기어 들어가는 데 성공했다. 포도원에 들어간 여우는 실컷 먹고 나서 포도원으로부터 빠져나가려 했다. 그러나 배가 잔뜩 불러서 빠져나갈 수가 없었다. 그때 여우는 말했다.

"결국 배 사정은 들어갈 때와 나올 때가 같구나."

인생도 그와 같다. 알몸으로 태어나서 죽을 때도 역시 알몸으로 죽어가지 않으면 안 된다.

사기꾼 중에는 두 가지가 있다. 하나는 소인배적인 사기꾼이고 또 하나는 군자적인 사기꾼이다. 소인배적인 사기꾼은 남을 속여 자신의 이득을 취하지만 군자적인 사기꾼은 남을 속이기는 하되 속인 사람을 이익되게 한다. 소인배적인 사기꾼과 군자적인 사기꾼은 그 능력 면에서도 현격한 차이가 있다. 우선 소인배적인 사기꾼은 남밖에는 속이지 못하지만 군자적인 사기꾼은 나도 속이고 남도 속이고 하늘까지도 속일 수 있다. 그리고 소인배적인 사기꾼은 허위로밖에는 남을 속이지 못하지만 군자적인 사기꾼은 허위와 진실 두 가지를 모두 사용해서 남을 속일 수가 있다. 생각해 보아라. 남이야 허위로써 속일 수가 있지만 나와 하늘을 어찌 허위로써 속일 수가 있단 말인가. 소인배적인 사기꾼과 군자적인 사기꾼은 그

종말조차도 판이하게 다르다는 사실을 알아야 한다. 소인배적인 사기꾼은 결과적으로 남을 상하게 함은 물론 자신조차도 상하게 만든다. 하나 군자적인 사기꾼은 정반대이다. 남도 이롭게 하고 나도 이롭게 하면서 하늘의 뜻에 어긋남이 없느니라. ―李外秀

175

돈의 고백 어린 시절부터 우리는 돈이 말한다고 들어왔다. 이 돈이 말하는 것을 들어보자.

"당신은 나를 손에 쥐고는 나를 당신 것이라고 말합니다. 그러나 당신이 나의 것일 수도 있지 않을까요? 내가 얼마나 쉽게 당신을 지배하는가 보시겠습니까? 나를 얻기 위해서 당신은 죽는 것 말고는 무엇이든 하려고 합니다. 나는 비처럼 무한히 값지며 물처럼 본질적입니다. 내가 없다면 사람도 기관들도 모두 죽고 말 것입니다. 그러나 나는 그들을 위한 생명력을 갖고 있지는 않습니다. 나는 당신들의 욕망이라는 낙인 없이는 무익합니다. 당신들이 나를 보내지 않으면 아무 데도 갈 수 없습니다. 나는 이상한 친구들과 사귑니다. 나 때문에 사람들은 인격을 무시하기도, 사랑하기도, 그리고 경멸하기도 합니다.

그러나 나는 성자들의 예배에도, 자라나는 마음을 위한 교육에도, 가난한 사람들의 굶어가는 육신을 위한 음식 마련에도 사용됩니다. 나의 힘은 지대합니다. 내가 당신의 노예라기보다 당신이 나의 노예가 되지 않도록 나를 조심스럽고 현명하게 다루십시오."

교훈은 간직하라고 전해 주는 것이 아니라 실천하라고
전해 주는 것이다.

—李外秀

인내의 상징 벌은 보통 부지런한 일꾼으로 표현된다. 벌이 1파운드의 꿀을 생산하기 위해서는 56,000개의 클로버 꽃을 찾아야 한다. 각 꽃에는 60개의 꽃관이 있기 때문에 식탁에 1파운드의 꿀을 제공하기 위해서 벌은 336만 번 꽃관을 드나들어야 한다. 그래서 일벌은 지구 둘레의 세 배만큼의 거리를 난다. 우리의 빵에 필요한 꿀 한 수저를 생산하기 위해 작은 벌은 꽃을 찾아 4,200회의 여행을 한다. 그들은 들판으로 매일 10번의 여행을 하는데, 한 번 나가면 평균 20분 동안 날며 400개의 꽃을 찾는다. 일벌은 꽃을 찾지 못하더라도 꽃을 찾기 위해 8마일까지 멀리 날 수 있다. 그러므로 우리는 인내가 어려운 일이라는 것을 알게 될 때 벌을 생각한다.

귀중한 시간 윌리엄 벨과 제이콥 로젠와서란 두 사람은 뉴욕 오시닝에서 사형 선고를 받았다. 그들은 만약 대낮에 사형을 당한다면 아직도 그 하루가 지난 것이 아니므로 인생의 귀중한 시간을 빼앗기는 것이라고 생각했다. 그래서 그들은 교도소 사형장 안에 표준 시각에 맞는 시계를 설치하도록 요청했다. 그런 상황 아래서 한 시간은 얼마나 값진 것인가!

영국의 엘리자베스 여왕도 죽을 때 다음과 같이 외쳤다고 한다.

"한 순간의 시간을 위해 내 모든 것을!"

그러나 군주조차도 시간만큼은 돈을 주고 살 수는 없었다.

이 귀중한 시간을 위하여 싸우는 두 사람이 과거에 항

상 그들이 지금 느끼는 대로 시간을 사용했다면 그들에게 남아 있는 이 짧은 시간에 대하여 이렇게 깊이 관심을 갖지는 않았을 것이다.

성공 비결 국제적인 금융업을 소유한 로스차일드 집안은 그 성공의 비결을 아래와 같이 말한다.

'일을 즉각 처리하는 사람이 되라. 흥정은 즉시 하라. 불안한 계획 또는 사람과는 일을 함께 하지 마라. 대담하고도 조심성이 있게 행동하라.'

존 제이콥 어스터는 '삶은 행동으로 채워져야 한다'고 말했고, '1센트를 아껴라. 달러는 저희 스스로가 살필 터이니'라고 했다. 그리고 아모스 로렌스의 충고는 '젊은이여, 모든 행동을 정의의 원칙에 따라서 해나가라. 정직성을 지켜야 한다. 그렇다고 비용이 더 드는 것이 아니다'였다.

뉴욕의 상업왕 A. T. 스튜어트의 비결은, '아무리 재질이 뛰어나도 힘들여 일하고 활용하지 않으면 성공하지 못한다'는 것이다. 니콜라스 롱워드는 미국 신시내티의

백만장자로, 이런 말을 들려준다.

'나는 항상 이 두 가지를 명심한다. 맡은 바를 철저히 하라. 주어진 신뢰에 충실히 보답하라.'

여름엽서

오늘 같은 날은
문득 사는 일이 별스럽지 않구나
우리는 까닭도 없이
싸우고만 살아왔네
그 동안 하늘 가득 별들이 깔리고
물소리 저만 혼자 자욱한 밤
깊이 생각지 않아도 나는
외롭거니 그믐밤에는 더욱 외롭거니
우리가 비록 물 마른 개울가에
달맞이꽃으로 혼자 피어도
사실은 혼자이지 않았음을
오늘 같은 날은 알겠구나

낮잠에서 깨어나
그대 엽서 한 장을 나는 읽노라

사랑이란

저울로도 자로도 잴 수 없는

손바닥만 한 엽서 한 장

그 속에 보고 싶다는

말 한 마디

말 한 마디만으로도

내 뼛속 가득

떠오르는 해

즉흥시

달빛 젖은
미루나무
이파리마다
새겨두노라

그리움이 겨우면
눈물겹다고

지금은 고요한
강물 소리
머리맡에
달려와
그대 엽신을
나지막이 읽어주는 밤.

라이너 마리아 릴케

때로는 가슴 안에 우울도
꽃이 될 수 있다네
때로는 가슴 안에 사랑도
죄가 될 수 있다네
오늘 내가 그대에게 보내는
흑장미 한 송이
전생에 뉘 가슴에 맺혔던
피망울인지

4장

구름이 무한히 자유로운 것은
자신을 무한한 허공에다 내버렸기 때문이다

무지 영국의 대정치가였던 디즈레일리는 자기보다 나이가 열세 살이나 많은 과부를 처로 삼았다. 그녀는 무식할 뿐만 아니라 교양이 부족해서 디즈레일리로 하여금 당황케 하는 일이 한두 번이 아니었다. 한번은 좌석에서 『걸리버 여행기』 이야기 도중에 부인이, "그 걸리버라는 분을 모시고 재미나는 여행 이야기를 듣고 싶은데 그분의 주소를 아시는 분은 안 계시나요?"라고 물어 디즈레일리를 당황하게 했다.

언변 없는 교장선생님일수록 조회시간에 '주목'이라는 말과 '마지막으로'라는 말을 자주 사용한다. 그래도 훈화가 끝나면 빠짐없이 '주옥같은 말씀'이었다는 말로 아부를 하는 선생님. 허리가 생고무처럼 유연하다. 정치판도 별반 다르지 않다.

—李外秀

182

견물생심 눈 내리는 어느 날 밤, 목동이 한 떼의 양을 몰고 동굴 속으로 눈을 피하러 들어갔다. 그 동굴 속에는 야생의 살찐 양들 한 떼가 역시 눈을 피하고 있었다. 이 목동은 살찐 야생의 양을 제 것으로 만들기 위해 자기의 양 떼는 내버려두고 야생의 양들에게만 건초를 먹였다. 이윽고 날이 개어 눈이 멎자 건초를 먹고 기운이 난 야생의 양들은 동굴을 뛰쳐나가 들과 숲으로 달아나버렸다. 그제야 목동은 원래 자기가 몰고 간 양들을 살펴보았다. 그러나 건초를 안 준 탓으로 모두 굶어 죽어 있었다.

183

토사구팽 한나라 왕 유방(劉邦)은 초나라 항우(項羽)를 무찔러 천하를 얻고 한의 고조(高祖)가 되었다. 한신(韓信)을 당시 초왕으로 봉하였었는데, 그 아래 항우의 용장 종리매(鍾離眛)가 있었다. 고조는 전부터 그를 미워했으므로 그 체포를 한신에게 명하였지만 한신은 종리매와 친했으므로 그 명을 듣지 않고 도리어 그를 숨겨 주었다. 그 때문에 한신이 모반할 마음이 있다는 상소를 내는 자가 있어 고조는 토벌을 위한 군을 소집했다.

사태가 이렇게 되자 한신은 정말 반기를 들어 볼까도 생각했지만, 생각을 돌이켜 고조를 배알하러 출두하려고 하였다. 그러나 불안해서 망설이고 있을 때, 약삭빠른 간신이 종리매의 목을 갖고 배알하러 가면 걱정 없다고 하였다. 한신은 그럴 듯하다고 여겨 그 일을 종리매에게 말했다. 그러자 종리매는 사람을 '잘못 봤다!'며 한신을 욕하고 스스로 목을 쳤다. 그 목을 들고 한신이 고조한테로 가자 그는 모반자로 포박되고 말았다. 한신은 분해서 말하였다.

"교활하고 재빠른 토끼가 죽어버리자, 이제껏 소중히 쓰이던 사냥개가 불필요하게 되어 삶아 먹고 마는구나."

여기에서 '교토사양구팽(狡兎死良狗烹: 토사구팽)'이란 말이 나왔다.

네가 보다 빨리 무엇을 성취하고 싶으면 우선 보다 빨리 무엇을 성취하고 싶다는 바로 그 욕심부터 버리도록 하여라. 아무리 마음이 명경지수라 하여도 한번 욕심을 일으키기 시작하면 바람을 만난 수면과 같아 물결이 일기 마련인즉 네가 지금 바다 위에 떠 있는 돛단배의 난간에 서서 바늘귀에다 실을 꿰고 있는 중이라고 생각해 보아라. 바다가 거울처럼 맑고 잔잔하다면 바늘귀에다 실을 꿰는 일쯤 그리 어렵지는 않을 것이다. 허나 조금만 풍랑이 일어도 네 한 몸을 지탱하기조차 힘들어서 바늘귀에 실을 꿰는 일은 고사하고 바늘허리에 실을 매는 일마저도 용이치가 않을 것이다.

—李外秀

185

마음의 자유 유명한 철학자 로크만은 노예로 있는 동안 그의 주인이 쓴 메론을 주었을 때 즉시 그것을 받아먹었다.

"그렇게 쓰고 메스꺼운 과일을 어떻게 먹는가?"

그의 주인이 의아해 하며 물었다. 그러자 로크만은 대답하였다.

"제가 당신으로부터 많은 은혜를 입었으니, 내 인생에 있어서 한 번 당신이 주시는 쓴 메론을 먹었다고 해서 놀랄 것이 하나도 없지 않겠습니까."

노예의 이 공손한 대답에 주인은 깊이 감동되어 그 노예에게 즉시 자유를 주었다.

186

새는 날개를 잘라도 새일 뿐이다.

― 李外秀

187

부자의 착각 초라한 복장을 한 두 사람의 젊은 학자가
마을에서 마을로 여행하고 있었다. 로디밀의 고을에 닿
았을 때 그들은 우선 부잣집 문을 두드리고 잠자리를 청
했다. 그러나 부자는 두 사람의 옷차림을 흘낏 쳐다보더
니 이를 거절했다. 그리하여 두 사람은 그 고을의 랍비
집에서 하룻밤을 머물게 되었다. 10년의 세월이 흘러, 이
두 사람은 고명(高名)한 학자가 되었다. 두 사람은 또다
시 여행길에 나서 로디밀의 고을에 닿았다. 그래서 10년
전에 신세를 졌던 랍비 댁에서 하룻밤을 머물려고 하다
그 부자를 만나게 되었다. 부자는 두 사람의 훌륭한 말과
두 사람이 고명한 학자라는 것을 알고는 자기 집에서 머
물도록 요청했다. 그러나 이번에는 이들 두 사람이 거절
했다. 그러자 부자는 자기 집은 이 고을에서 제일 훌륭하

며 이 고을을 대표하여 손님들을 묵어가게 하고 있다고 덧붙였다. 그래서 두 사람은 말했다.

"그러시다면 이 말들을 댁에서 묵어가도록 하겠습니다."

"말이라고요? 그러면 선생들께서는 묵으시지를 않는지요?"

"실은 우리들이 10년 전에 가난하고 이름도 없었을 때 이 고을을 지나게 되어 댁에서 하룻밤을 묵어가려고 청했다가 거절당한 일이 있었습니다. 지금은 우리들의 훌륭한 옷차림과 훌륭한 말 때문에 재워주시는 것이 아니겠습니까. 그래서 이 두 마리의 말을 하룻밤 묵어가게 해주십사고 말씀드리는 것입니다."

　선한 일을 많이 행한 자일수록 사랑을 받는 그릇이 큽니다. 따라서 큰 사랑을 받을 수가 있습니다. 그러나 작은 그릇을 가진 자는 큰 사랑을 주어도 받을 수가 없습니다. 그릇의 크기만큼만 받고 나머지는 그릇 밖으로 모두 흘려버리죠. 그리고 그릇 속에 담겨 있는 사랑만 사랑이라고 생각하게 되죠. 사랑을 배경으로 해서 일어나는 각종 범죄는 만족스런 사랑을 갈구하는 마음에서 비롯되어지는 감정, 즉 증오·시기·질투 따위를 행동으로 옮길 때 일어나는 현상입니다. 그것은 사랑을 받는 그릇이 작은 자들이 그릇보다 큰 사랑을 달라고 생떼를 쓰는 것입니다. 그런 사람들은 남 때문에 작은 사랑밖에는 베풀 수가 없습니다. 신적인 사랑, 완전한 사랑, 영원불변하는 사랑은 그것을 받을 수 있는 크기의 그릇이 마련된 다음

에라야 얻을 수가 있고 느낄 수가 있는 것입니다.

—李外秀

189

응원의 주술 소년 시절, 그는 나폴리의 공장에서 여러 시간 일을 하였다. 그는 성악가가 되고 싶었다. 열 살 때, 그는 처음으로 성악 레슨을 받았다.

"너는 노래할 수 없다. 너는 좋은 목소리를 타고나지 못했다. 네 목소리는 덧문에서 나는 바람소리 같다."

라고 그의 선생은 말하였다.

그러나 그 소년의 어머니는 자기 아들의 재능에 대하여 깊은 통찰력을 가지고 있었다. 그녀는 그가 노래 부르는 재능이 있다고 믿었다. 하지만 그녀는 매우 가난했다. 그녀는 아들을 격려하며 말했다.

"아들아, 나는 네가 성악 공부를 할 수 있도록 어떠한 희생도 치르겠다."

아들에 대한 그녀의 확신과 지속적인 격려는 보답을

받았다! 그 소년이 바로 세계에서 가장 훌륭한 성악가로 성공한 엔리코 카루소였다!

190

행운의 선물 로마의 황제가 랍비 가브리엘에게 물었다.

"여자는 남자에게 있어서 어느 만큼 소중한 것인가? 유태인의 신은 아담을 잠들게 하고 늑골 하나를 뽑아 여자를 만들었다고 한다. 그렇다면 도둑이 아닌가."

성서의 『창세기』에는 확실히 이브가 아담의 늑골로 만들어졌다고 되어 있다. 랍비는 황제에게, 그 당시에 있었더라면 경관을 불렀어야 할 것이라고 대답한 후 다시 덧붙였다.

"어젯밤 저의 집에 도둑이 들어 은 스푼을 훔쳐갔습니다. 그러고는 금 술잔을 놓고 갔습니다."

"호오, 그거 아주 행운이었네 그려."

황제는 눈을 빛내며 말했습니다.

"네, 하나님이 여자를 베풀어주신 것도 똑같은 이치입니다."

276

191

　만천하의 남편들이여. 여자는 높은 산과 같은 존재이므로, 비록 힘이 남아돌아가는 나이라 하더라도 뛰어넘거나 깔고 앉을 생각은 하지 말라. 그러면 필시 낭패를 보게 되리니, 가급적이면 뚫고 지나가는 비급을 쓰도록 하라.

―李外秀

192

갈수록 태산 판원사(判院事) 김효성은 여색을 좋아하여 한 달이면 스무 날은 외방에서 자고 왔다. 남편의 잦은 외방 출입에 화가 난 부인은, 하루는 꾀를 내어 베 한 필에 회색 물감을 들여서 남편의 눈에 띄기 쉬운 곳에 걸어두었다. 남편이 방에 들어와 이것을 보고 부인에게 물었다.

"이것은 어디에 쓸 것이오? 중이나 입을 색깔이지 여염집엔 이런 색깔을 입는 사람이 없을 터인데."

이 말은 바로 부인이 노리고 있었던 말이었다. 부인은 정색을 하고 대답했다.

"영감께서 너무나 방종한 생활을 하시고 첩을 원수같이 보시니 첩은 이제 머리 깎고 중이나 될까 하여 이 베를 물들여놓은 것입니다."

부인이 이렇게 대답하고 남편의 눈치를 살피자 김효성이 웃으며 말했다.

"그거 참 좋은 일이오. 내가 여색을 좋아해서 계집이라면 기생으로부터 무당, 백정, 하인 할 것 없이 얼굴만 반반하면 가까이 아니해 본 여자가 없지만 한이 되게도 지금껏 중만은 가까이 해본 일이 없는데, 부인이 중이 된다니 그것은 나의 평생 소원을 이루어주는 것이구려. 거참 잘 생각한 일이오."

인생이라는 이름의 열차에 탑승한 승객은, 탄생역에서 탑승하여 사망역에서 하차하실 때까지, 누구나 고난이라는 이름의 열차표를 지참하고 있어야 하며 무임승차는 절대로 허용되지 않습니다. 여러분의 인생이 부디 보람 있는 여행으로 기억되기를 빌겠습니다.　　　　　—李外秀

194

노잣돈 아켈레오스 강을 건너야 망령세계에 들어가는데 그 강을 건너려면 나룻배 사공 카론 영감의 배를 얻어서 타야 한다.

이 카론 영감은 망령들한테 동전 한 닢을 받고서야 배를 태워 준다. 그리스 사람들은 이 때문에 죽은 사람의 입에 반드시 동전 한 닢을 넣는 습관이 생겼다. 카론 영감의 나룻배를 얻어 타지 못한 망령들은 쉴 곳도 없는 쓸쓸한 기슭을 한없이 헤매며 돌아다닐 수밖에 없다고 믿었던 것이다.

195

마음을 울리는 종소리 한 여행자가 암스테르담에 있는
성 니콜라스 성당의 아름다운 종소리에 대해 많은 이야
기를 듣게 되었다. 그는 어느 날 종소리를 직접 듣기 위
해 그 교회의 종탑에 올라가보았다. 거기서 그는 커다란
건반 앞에 앉아 나무로 만든 장갑을 낀 채 열심히 건반을
치고 있는 한 남자를 보았다.

여행자는 건반을 치는 소리와 그의 머리 위에서 뎅그
렁거리는 종들의 불협화음 소리에 귀가 먹을 지경이었
다. 그는 사람들이 왜 성 니콜라스의 아름다운 종소리에
대해 말들을 하는지 의아해 하면서 급히 그곳을 나왔다.

다음 날 같은 시각에 시내에서 조금 떨어진 곳에서 관
광을 하고 있던 그는 갑자기 놀랄 만큼 맑고 풍부한 음량
을 가진 종소리가 달콤한 음악이 되어 하늘을 가득 채우

는 소리를 들었다.

"우리는 성 니콜라스의 종소리를 듣고 있습니다."

그는 안내인의 말에 비로소 그 많은 여행자들이 왜 종소리의 아름다움에 대해 열성적으로 말하는가에 더 이상 의문을 갖지 않게 되었다. 그러나 그는 그 종탑 속에서 일하고 있던 이를 떠올리며 그의 힘든 노동으로 인해 멀리 떨어진 곳에서는 무척 아름다운 소리가 되어 흐르는 것을 그 사람은 알고 있을까 생각해 보았다.

2010 . zeen

196

나 어릴 적에는 어쩌다 껌 하나가 생기면 씹다가 벽에
붙여 두었다 다시 씹기도 하고 때로는 온 식구가 돌아가
면서 씹기도 했지. 어쩐지 그 시절의 껌 속에는 사랑이
함유되어 있었다는 생각이 들어. 대충 씹다 뱉어버리는
요즘 껌은 어림도 없지 싶어.

―李外秀

만족의 한없음 마르틴 루터의 『대화론』이라는 책에는 다음과 같은 일화가 실려 있다.

루터가 말했다.

"나는 우리가 천국에서 어떤 할 일을 찾을지 생각할 수가 없습니다. 변화도 없고, 일도 안 하고, 먹지도 마시지도 않으니 무슨 할 일이 있겠습니까?"

그러자 멜란크슨이 말했다.

"그래요. 하나님은 우리에게 아버지이심을 보여주시고 그것은 우리를 만족하게 하지요."

그러자 루터가 대답했다.

"오, 그렇군요. 그것은 우리가 하기에 충분한 일이겠는데요."

198

온 우주를 다 품을 만한 가슴을 가지고 있어도 바늘로 살을 찌르면 아플 수밖에 없고 좁쌀 하나 담기에도 비좁은 가슴을 가진 사람도 먹지 않으면 배가 고플 수밖에 없다. 아, 누구나 살아 있는 한 결코 버릴 수 없는, 육신이라는 이름의 애물단지여.

──李外秀

199

마음이 통하는 보석 한번은 어떤 신사가 친구가 경영하는 보석상을 방문했다. 그의 친구는 그에게 아주 멋있는 다이아몬드와 다른 훌륭한 보석들을 보여주었다. 그런데 그 보석들 중에 빛이 나지 않는 이상한 것이 있었다. 그 신사는 친구에게 그 보석을 가리키며 말했다.

"저 보석은 전혀 아름답지 않은데."

그러자 친구는 그 보석을 집어서 자신의 손바닥에 올려놓고는 손을 오므리고 있다가 잠시 후에 다시 펴보라고 했다.

얼마나 놀라운 일인가! 신사가 손을 펴자 그 완전한 보석은 무지개 색깔로 빛을 발하고 있었다.

"자네가 어떻게 했길래 이렇게 되었지?"

그 놀란 신사가 물었다. 그 친구는 대답했다.

"이것이 바로 오팔이라는 보석이야. 우리는 이것을 마음이 통하는 보석이라고 부르지. 이 보석은 그 훌륭한 빛을 발하기 위해서는 꼭 사람의 손을 필요로 한다네."

지구의 순례자 19세기 런던의 패션가에 있는 로드차일 드 맨션을 지나는 사람들은 그 건물 처마 끝 벽면에 수평으로 튀어나온 쇠시리 모양의 장식이 아직 완성되지 않은 것을 보며 모두 그것을 이상하게 생각했다. 세계적인 부자가 그 부분을 만들지 못할 정도로 돈이 없었을까, 아니면 부주의해서 빠뜨린 것이란 말인가?

그러나 이유는 간단했고 시사하는 바가 많았다. 로드차일드 경은 정통파의 유태인이었는데, 모든 경건한 유태인의 집에는 전통적으로 이런 옛말이 전해 내려오는 것이었다.

'미완성의 부분을 꼭 남겨두도록! 그리하여 아브라함과 같이 우리는 이 지구상에 순례자이며 잠시 들렀다 가는 것임을 증거하라.'

201

　마음 안에 있던 것들이 머리로 자리를 옮기면 그때부터 순수성을 상실하게 된다.

　　　　　　　　　　　　　　　　　　　—李外秀

만물에게서 아름다움을 발견하는 일이 만물로부터 자신을 사랑받게 만드는 일입니다. 당신은 본질적으로 아름다운 사람입니다.

—李外秀

203

가치의 차이 사무엘 존슨 씨는 그의 친구 제임스 보스웰의 안내로 아일랜드의 거대한 방죽길을 방문하게 되었다. 그는 아주 낙후된 운송 방법인 말을 타고 오느라 매우 불쾌한 마음으로 현장에 도착했다. 그는 세계에서 경이로운 사물 중의 하나로 간주되는 원주로 된 현무암을 바라보며 경멸하는 듯이 그의 어깨를 움츠렸다.

"이것이 볼만한 가치가 없니?"

보스웰 씨가 물었다. 그러자 존슨 씨가 대답했다.

"볼만한 가치는 있어. 그러나 저것을 보기 위하여 여기까지 올 필요가 있었을까."

예술의 완성 베토벤은 음악에 대한 정열이 아주 강렬했다. 그는 청각 장애 등의 심한 고통에도 불구하고 작곡을 했고 최소한 하나의 곡을 열두 번은 다시 썼다.

하이든은 많은 고생에도 불구하고 800개 이상의 곡을 작곡했고, 66세 때 위대한 성가극 〈천지창조〉를 발표했다.

슈만 하인크의 부모는 너무나 가난해서 그녀에게 좋은 피아노를 마련해 주지 못했다. 20년 동안 그녀는 위대한 가수가 되기 위하여 가난과 싸웠다.

미켈란젤로는 그 당시 12개의 걸작 중의 하나인 〈최후의 심판〉을 8년 동안의 끊임없는 노력으로 완성했다.

레오나르도 다빈치는 〈최후의 만찬〉을 10년간 그렸는데, 너무나 열중해서 하루 종일 먹는 것도 잊었다고 한다.

205

가끔 예술을 취미로 하신다는 분들을 만나게 됩니다. 사자에게 방울 달린 목줄을 채우고 딸랑거리면서 거리를 활보하는 사람들처럼 경이롭습니다. 그들이 끌고 다니는 그 애완동물은 엄밀한 의미에서 진정한 사자가 아닐지도 모른다는 생각을 해봅니다.

—李外秀

젊었을 때는 밥 한 덩어리가 눈물 한 덩어리였는데 지금은 밥 한 덩어리가 웃음 한 덩어리다. 인생은 진수성찬, 눈물에도 밥을 비벼 먹어보고 웃음에도 밥을 비벼 먹어본 사람만이 참맛을 아는 것이다.　　　—李外秀

207

불에 구운 꽃병 조지 왕이 도자기 공장을 방문했을 때 두 개의 특이한 꽃병을 보게 되었다. 두 개 다 같은 원료로 만들었고 같은 스타일과 방식으로 칠해졌으나, 하나는 아름답고 훌륭한 작품이었고, 다른 하나는 흐릿하고 볼품이 없었다. 그 이유가 무엇일까? 하나는 불에 구워 만들었고, 다른 하나는 불에 구워내지 않았기 때문이었다.

때로는 밥 한 끼가 죽어가는 사람의 목숨을 구하기도 하고, 때로는 글 한 줄이 죽어가는 사람의 영혼을 구하기도 한다.

— 李外秀

209

여명을 향하여 어떤 젊은 청년이 매일매일의 생활을
방탕으로 지내고 있었다. 어느 날 그는 하나님을 믿게 되
었다. 그가 하나님을 믿게 된 것을 보고 놀리던 주정뱅이
친구와 마주쳤다. 그는 그 주정뱅이 친구에게 말했다.

"너에게 뭔가 할 말이 있다. 너는 내가 무엇을 하는 사
람인지 알 거야(그는 길가에 등불을 켜는 사람이었다). 내
가 불을 끄면서 돌아갈 때 나는 뒤를 돌아본다. 그 시간
들은 매우 캄캄한 시간들이었지. 그것은 나의 과거와 같
은 것이다. 나는 앞을 내다보며 나를 안내하는 반짝이는
등불의 긴 행렬을 바라본다. 그것은 내가 믿는 이후의 미
래와 같다."

그러자 친구가 물었다.

"그렇다면 네가 마지막 등불에 도착해 그 등불을 꺼

버린 다음엔 어디로 갈 것인가."

그 청년은 말했다.

"마지막 등불이 꺼져버릴 때는 새벽이다. 그리고 아침이 다가오면 등불은 필요 없게 된다."

어두운 과거를 뒤에 두고 밝은 빛을 향해 한 걸음 한 걸음 나아가면 우리에게는 여명이 빛나는 것이다.

210

두둥실 떠오르는 태양은 그 누구의 소유도 아니지만
환하게 밝아오는 아침은 바로 당신의 소유입니다.

—李外秀

211

하루살이 인도 대설산(大雪山)에는 추운 밤에 수도를
한다는 '한고조'라는 새가 있는데, 그 새는 눈보라 치고
꽁꽁 얼어붙는 밤만 되면 낮에 둥지를 짓지 않은 걸 후회
하며 내일 날이 밝으면 반드시 추위를 피할 둥지를 짓겠
다고 결심을 했다. 그런데 정작 밤이 가고 해가 뜨면 간
밤의 결심 따위는 까맣게 잊어버리고 이렇게 말했다.

"내일 어찌 될지 알 수 없는 운명인데 둥지는 지어 무
엇하랴."

212

이유 있는 항변 영국 수상이었던 로이드 조지가 웨일스에서 젊은 변호사로 있었을 때 어느 날 그는 한 어린 소녀를 그의 마차에 태워주게 되었다. 조지는 그녀에게 많은 이야기를 했으나, 그 소녀는 '예', '아니오' 외에는 거의 아무 말도 하지 않았다. 며칠 후, 그는 소녀의 어머니를 만났다.

어머니는 딸로부터 그의 마차를 탔었다는 이야기를 들었다고 하며 자기의 딸이 했던 이야기를 다음과 같이 들려주었다.

"엄마, 저는 조지 씨와는 이야기를 할 수가 없었어요. 왜냐하면 조지 씨가 자기랑 이야기하는 사람한테서 돈을 받는다는 것을 나는 알고 있었고, 나는 그때 돈이 없었거든요."

213

아무것도 가진 게 없다구요. 절망하지 마십시오. 바로
그럴 때 창조하는 것입니다.

―李外秀

어떤 이는 자상하게 대하고 어떤 이는 냉정하게 대하
는데 인간차별 아니냐고 묻는 분들이 계십니다. 말을 다
루는 법과 소를 다루는 법이 같을 수는 없겠지요. 소는
노래로 부리고 말은 박차로 부립니다. 아무리 기특해도
항상 당근만 줄 수는 없는 노릇이지요.　　　　—李外秀

215

진실한 평화 두 사람의 예술가는 완전한 평화를 나타
낼 수 있는 그림을 그리기로 했다. 첫째 예술가는 화폭에
잔잔하고 조그마한 호수와 그 안에서 한가로이 배를 타
고 있는 소년을 그렸고, 다른 사람은 폭포의 장관을 그렸
다. 소용돌이치는 물이 튀어나오는 가장자리에는 한 마
리의 새가 집을 짓고 평온하게 알을 품고 있었다. 여기서
그 새는 약탈하는 해적으로부터 안전했고, 용솟음치는
폭포가 방패가 되기도 했으며, 또 그것에 의해 보호되기
도 했다. 진실한 평화는 시련 속의 침착함에 서려 있는
것이다.

216

정성 자공(子貢)이 남쪽 초나라에서 놀다가 진나라로 돌아올 때에 한수(漢水)의 남쪽에 닿았다. 마침 보니 한 노인이 밭이랑을 만들고 있었다. 고랑길을 파고, 거기를 돌아 우물에 가서 물을 길어 동이를 안고 나와 밭에 물을 대었다. 힘이 몹시 들었으나 일은 좀처럼 나아가지 않았다. 그것을 보고 자공은 말했다.

"여보, 노인! 여기 기계가 있는데, 하루에 백 이랑의 물을 대어도 힘은 별로 들지 않고 공은 많을 것이오. 당신은 그것을 가지고 싶지 않소."

노인이 자공을 쳐다보고 물었다.

"그것은 어떤 기계요?"

"그것은 나무를 찍어 만든 것이오. 뒤는 무겁게 하고 앞은 가볍게 하여 물을 자아올리는 것이오. 그래서 자주 자아내면 물은 끓는 듯이 넘쳐 오르는 것이오. 그 이름은 '용수레'라 하오."

　노인은 분한 듯 얼굴빛을 고치다가 다시 웃으면서 말하기를,

　"내가 우리 스승에게 들으니, 기계를 쓰게 되면 반드시 기교로운 일이 생기고, 기교로운 마음이 가슴속에 있으면 마음에 참됨이 없고, 마음의 참됨이 없으면 정신이 편안하지 못하며, 그 정신이 편안하지 못하면 도(道)에 고요히 살 수 없다 하였소. 그러므로 내가 기계를 모르는 것이 아니라 다만 마음이 부끄러워 쓸 수가 없을 뿐이오."

217

가치 있는 것 아벨라 전쟁 후 마케도니아 사람들은 값진 보석이 가득한 황금 상자를 다리우스의 전리품 중에서 발견하였다. 그때 알렉산더 대왕은 그 보석 상자에 호머의 시(詩)를 넣도록 명령하였다. 그는 그것이 인간 정신에 있어서 가장 완전하고 가장 값진 산물이라고 생각하였던 것이다.

시(詩) 따위 인생에 아무런 도움이 되지 못한다고 단언하는 사람들이 있다. 하나의 사물은 하나의 시다. 따라서 그에게는 인생에 도움이 될 만한 것이 아무 것도 없다. 한 마디로 말해서, 그는 걸어 다니는 시체로 만족하는 인생을 살고 있는 것이다.

—李外秀

219

마음이 가난한 자 어느 날 두 사람의 사나이가 랍비를 찾아와 자신에 대해 의논을 했다. 한 사람은 그 고을에서 제일 가는 갑부였고 또 한 사람은 가난한 사나이였다. 두 사람은 대합실에서 기다리게 되었는데, 갑부가 조금 일찍 도착해 먼저 랍비의 방에 안내되었다. 그리고 한 시간쯤 지나자 갑부는 방에서 나왔다. 가난한 사나이의 차례가 되어 그는 랍비의 방에 들어갔다. 그러나 5분으로 끝났다. 그러자 사나이는 항의했다.

"랍비님! 갑부가 찾아왔을 때는 한 시간 동안이나 응대해 주셨으면서 왜 저에게는 5분밖에 안 주셨는지요. 그게 공평한 노릇일는지요."

랍비는 바로 대답했다.

"자, 나의 아들이여. 당신의 경우엔 가난한 것을 금세

알아차렸소. 그런데 그 갑부의 경우에는 마음이 가난한
것을 알아차리기까지 한 시간이나 걸렸단 말이오."

스승의 충고 어느 날 프랑스의 극작가 지라르댕에게 비극의 각본을 들고 나타난 청년이 있었다. 그 청년은 자기가 쓴 각본을 훌륭한 것이라 자부하고 있었다. 그러나 지라르댕은 그와 잠시 얘기해 보고는 그가 문학자로서 적합하지 않음을 발견하고 이렇게 일러주었다.

"대단히 안됐지만 자네는 문학보다 의학 방면으로 나가는 것이 적합하다고 생각하는데."

그 청년은 그 얘기를 듣고 낙심하여 살 의욕조차 잃었다. 그러나 그는 지라르댕의 말이 옳다는 것을 알게 되었다. 그는 문학에의 관심을 뚝 끊어버리고 의사가 되려고 공부하기 시작했다. 생리학 연구에 전력을 기울인 그는 간장에서 글리코겐을 발견한 생리학 의학 사상 불후의 공적을 이루었다. 그가 바로 클로드 베르나르이다. 지라르댕의 충고를 받아들여 자기의 적성을 찾아낸 데 성공의 열쇠가 있었던 것이다.

221

　육안으로만 세상을 바라보면서 사는 사람에게 한 알의 사과 속에 우주의 본성이 들어 있다는 진리 따위를 말하지 말라. 그에게는 한 알의 사과가 단지 주먹만 한 크기의 먹을 것에 불과할 뿐이니.

—李外秀

222

지름길 어느 신문에 광고가 났는데, 그것은 질문에 가장 좋은 답을 하는 자에게는 많은 상금을 주겠다는 것이었다.

'런던까지 가는 데 제일 빨리 갈 수 있는 방법은 무엇입니까?'라는 것이 상금이 걸린 질문이었다. 그리고 당선된 대답은 이것이었다.

'런던까지 가는 가장 빠른 길은 좋은 교제입니다!'

관용에 대한 보답 중국 오패(五霸)의 초나라 장왕(莊王)이 어느 날 잔치를 벌여 군신 간에 한참 재미있게 마시고 있을 때 돌연 촛불이 꺼져 암흑세계가 되었다. 이때 어느 신하가 왕의 애첩의 귀를 잡고 입을 맞추었다. 애첩은 깜짝 놀라 엉겁결에 그 사람의 갓끈을 잡아떼고 왕에게 말했다.

"대왕님, 지금 어느 놈이 첩에게 무례한 짓을 하기에 그놈의 갓끈을 잡아떼었으니 그놈을 잡아 죽이소서."

이 말을 들은 왕은 영을 내렸다.

"오늘 밤 이 자리에서 갓끈을 떼지 않는 사람은 벌을 내리겠다."

그러자 모두 다투어 갓끈을 떼었는지라 누가 무례한 짓을 한 사람인지 구별할 수가 없었으며 모두가 밤이 새도록 마시고 노래하고 즐겁게 놀았다. 그 후 2년이 지난 뒤 초나라는 진나라와 전쟁이 벌어져 초나라 군사는 연패로 매우 위급한 처지에 놓이게 되었다. 이때 별안간 웬 장수 하나가 군사를 거느리고 쫓아와 진나라를 무찔러 주었다. 초나라 장왕은 너무나 뜻밖의 지원이라 그 장수를 청하여 물은 즉,

"신은 옛날 대왕의 애첩에게 무례한 짓을 한 신하로, 그때 대왕의 너그러운 관용에 감동하여 그 날로 산중에 숨어 군사를 길러 어느 때고 대왕을 위하여 목숨을 바치려 결심했던 중, 이번에 대왕의 군사가 불리하다는 소식을 듣고 달려온 것입니다."

장왕은 장수의 손을 잡고 감사하여 많은 상을 내렸다.

시인다운 면모 입센은 괴상한 버릇이 있었다. 그는 언제나 모자 속에 남모르게 조그만 거울을 붙여서 쓰고 다니다가 누구를 찾아갈 때면 그 집 문 앞에서 모자를 벗고 거울로 머리를 비추어보고서 머리가 단정해 보이면 손으로 머리털을 어수선하게 만든 다음에야 주인을 찾았다. 이상하게 생각한 친구가 그 이유를 묻자 입센은, "시인이라는 것이 항상 머리나 곱게 하고 몸치장이나 하는 것처럼 보여서야 되나? 그러니 텁텁한 차림을 하자니 이렇게 머리를 헝클어 놓을 수밖에……" 하며 텁텁한 미소를 지었다.

225

용의 꼬리와 같은 인생이 행복할까요, 뱀의 머리와 같은 인생이 행복할까요. 택일이 불가피하다면 그대는 어느 쪽을 선택하실 건가요.　　　　　　　　　　　—李外秀

그대 희디흰 갈비뼈로

하늘도 썩고 강물도 썩고
세상도 썩었다고 사람들은 말하지만
만약 아무것도 썩지 않으면
무엇이 이 세상 거름으로 남아 숲을 키우리
가난한 날의 사랑
그대 희디흰 갈비뼈로 서까래를 삼아
오늘도 하나님 마을에 지어지는 집 한 채

보름달

얇은 속옷 밖으로 드러나는 네 무릎
어느 중이 훔쳐다가 부처님께 공양했나
달도 참 밝구나

5장

나 하나가 깨달으면 온 천하가 깨닫는다

226

꽃필 때 사랑하던 나무를 잎 진다고 외면할 수는 없는 일이다. 사랑을 시작한 지 1년도 넘기지 못하고 헤어지기로 작정했다니 그런 지리멸렬한 감정도 사랑이라고 할 수 있을까.

—李外秀

교만의 최후 분수없는 거북 한 마리가 바위 위에 올라 앉아 등을 말리고 있을 때 머리 위로 독수리 한마리가 날 아가는 것이 보였다. 이 모양을 본 거북은 자기도 독수리 처럼 하늘 높이 날 수 있으면 얼마나 좋을까 하고 부러워 하다가 드디어는 독수리에게 부탁을 하기로 했다.

거북이가 나는 방법을 가르쳐 달라고 졸라대자 독수리 는 날개가 없는 짐승은 날 수가 없다고 설명을 했으나, 거북은 듣지 않고 졸라댔다. 그러면서 똑같이 물속에 살 아도 물고기들은 물 밖에 나오면 죽지만 자신은 살 수가 있으니 공중도 날 수가 있을 거라고 항변까지 했다.

독수리는 거북을 보고 참 세정 모르는 짐승도 있다고 생각하며 소원대로 발톱으로 거북을 움켜쥐고 공중으로 날아올라갔다.

거북은 높은 공중에 떠오르자 기분이 좋아서, 이제 네 발을 저으면 날 수 있겠다는 생각에 앞뒤 발을 내저었다. 이때 독수리가 거북을 놓아주었다. 거북은 독수리의 발톱에서 벗어나자 돌맹이처럼 아래로 떨어져 바위에 부딪혀 그만 등이 와지끈 부서지고 말았다.

절망을 사랑하는 자에게는 절망이 오래 머물러 있지
않는다.
— 李外秀

약속 어떤 범죄자가 군주 앞에 서 있었다. 그는 조금 후면 목이 떨어져나갈 상황이라 상당히 떨고 있었다. 그는 물을 좀 마시기를 요청했다. 물을 가져다주었으나, 손이 떨려서 마실 수가 없었다. 그러자 군주는 그가 물을 마실 때까지는 살려 줄 터이니 걱정하지 말라고 말했다.

그 순간, 손의 떨림 때문에 물잔이 땅으로 떨어져 물을 마실 수가 없었다. 그러자 죄수는 용감히 군주를 보면서, 군주가 하신 말씀에 책임질 것을 요구했다. 군주는 쓴웃음을 지으면서 말했다.

"알았다. 너는 정당하게 너의 목숨을 구했다. 즉, 나는 내가 한 약속을 지킬 것이며 그런고로 너는 살 수 있게 되었다."

비밀의 무게 리시마쿠스가 필리피데스를 매우 존경하여 언젠가 그에게 선물을 주려고 했다.

"필리피데스, 내가 가진 것 중에서 무엇이든 드리고 싶으니 말씀하세요."

그러자 필리피데스는 이렇게 대답했다.

"무엇을 주시든지 감사히 받겠습니다. 다만 비밀을 제외하고요."

231

진실과 사실은 어떻게 다른가. 머릿속에 있을 때는 사실에 불과하다. 하지만 그것이 가슴속에 들어와 발효되면 비로소 진실이 된다. —李外秀

조강지처 후한(後漢) 광무제의 누님인 미망인 호양 공주는 대사공(大司空:법무장관) 송홍(宋弘)에게 마음이 있었다. 그래서 황제는 어느 날 송홍을 불러 그의 의향을 물어보았다.

"신분이 높아지면 친구를 갈고 돈이 생기면 처를 바꾼다는 속담이 있는데, 귀공은 어떻게 생각하나?"

그러자 송홍이 대답하였다.

"저는 가난하고 천했을 때의 친구는 잊어서는 안 되고, 지게미와 쌀겨를 먹으며 고생한 아내는 집에서 내보내서는 안 된다고 들었습니다."

광무제는 나중에 호양 공주에게 말했다.

"이건 가망이 없겠습니다."

송홍이 부마도위가 되면 공주가 정실로 들어앉게 되

므로 본처는 물러나지 않으면 안 된다. 광무제는 송홍의 의사를 무시하고 그의 본처를 내치게 할 수는 없었던 것이다.

여기에서 '조강지처(糟糠之妻)'라는 말이 유래되었다.

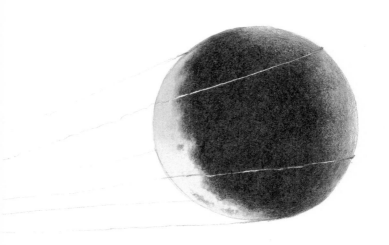

233

　인간이 길이라는 것을 만들어놓기 이전에는 온 천하가
모두 길이었다. 인간은 어쩌면 길을 만드는 순간부터 길
을 잃어버렸는지도 모른다.

—李外秀

234

유한함 성 어거스틴이 해변가를 거닐면서 삼위일체의 의미를 알아내려고 고심하고 있었다. 그가 명상에 잠겨 있을 때 한 어린 소년을 보았다. 그 소년은 조개껍데기에 물을 담아서 모래 위에 만든 구멍에 붓고 있었다.

"꼬마야, 무엇을 하느냐?"

어거스틴이 물었다.

"예, 이 구멍에 바다를 옮겨놓으려고요."

소년이 대답했다.

어거스틴은 그 교훈을 깨달았다.

"이것이 바로 내가 하려는 것이었구나. 이제야 알겠다. 바닷가에 서서 나의 한정된 머릿속에 무한한 것들을 집어넣으려 하고 있었구나."

235

비유법을 썼을 때는 행간을 헤아려 글쓴이의 의도를 간파려는 최소한의 노력이 필요합니다. 비유법을 직설적으로 해석하면 속담조차도 내포되어 있는 진의를 왜곡할 수밖에 없습니다. 감성에 호소하는 글을 이성으로 판단하는 것도 일종의 난독증입니다.

—李外秀

어리석은 거짓말 당나라 이덕유(李德裕)가 정승으로 있을 때, 경구(京口)로 가는 사자(使者)가 있어 그에게 부탁하기를, 양자강 중에 있는 금산천(金山川) 냉수 한 병만 가져오라고 했다. 사자는 배를 타고 출발한 후 취중에 망각하였다가 석두성에 이르러서야 비로소 생각이 났다.

"아차, 큰일났다!"

사자는 그곳에서 물을 한 병 길어 가지고 와서 설마 알려니 하고 시치미를 떼고 정승에게 올렸다. 그러자 이 정승은 물맛을 보더니 입맛을 다시며 말했다.

"강남의 물맛이 예전과 아주 달라졌구나. 꼭 건업(建業) 땅 석두성의 물맛과 같다."

사자는 그의 미각에 감복을 하고 사실대로 털어놓았다. 그러자 이 정승이 말했다.

"그러면 그렇지! 물맛이 그렇게 변할 리가 있나."

237

가난은 병이 아니다. 부호인 단목사(端木賜)가 친구인 원헌(原憲)을 찾아 봉고산(蓬蒿山)에 갔을 때 원헌은 굶주림을 참으며 학문에 열중하고 있었다. 그것을 본 단목사는 말했다.

"이것은 그대의 병이네."

그러자 원헌이 대답했다.

"듣자 하니 재물이 없는 것을 빈(貧)이라 하고 도(道)를 배우다가 행하지 못한 것을 병이라고 하는데 나를 가난하다고 하는 것은 당연하나 병이라 하는 것은 잘못일세."

238

　가난하지만 인간답게 살고 싶으신가요 아니면 부자지
만 비열하게 살고 싶으신가요. 정답은 알고 있지만 실천
하기는 힘들지요.

—李外秀

239

모든 것의 근본 센트롤의 신념의 핵심은 언제나 가족과 더불어 있는 것이었다. 그는 훌륭한 가정의 가풍이 훌륭한 사회를 낳으며 훌륭한 사회는 훌륭한 정부를 낳는다는 소박한 철학을 지니고 있었다. 단순하다고? 그럴지도 모른다.

나는 그에게 물었다.

"무엇을 신봉하십니까?"

그러자 그는 머리를 긁적거리면서 말했다.

"글쎄요, 민주주의니 국가니 하고 말하는 게 더 그럴듯하게 들리겠지요? 하지만 허세는 부리지 말기로 합시다. 내가 가장 아끼는 것은 하버드 대학과 내 가정입니다."

240

　세상의 모든 물들이 끊임없이 아래로 흐르는 것은 가장 낮은 종착지, 바다라는 안식처가 기다리고 있기 때문이다.

—李外秀

충실함의 승리 W. B. 릴리는 일자리를 구하기 위해 필라델피아 거리를 거닐던 어떤 사나이의 이야기를 자주 인용했다.

어느 날, 그 사나이는 지라드라는 유명한 사업가의 사무실에 들어가게 되었다. 그가 일자리가 있냐고 묻자, 지라드 씨는 이렇게 대답했다.

"물론이죠. 저 밖에 벽돌을 쌓아놓은 것이 보이죠? 저것들을 옮겨서 원 반대쪽에 쌓아올리십시오."

저녁때쯤, 그는 일이 끝나 일삯을 받았다. 그리고 다음 날에도 뭔가 일거리가 있겠느냐고 물었다. 지라드 씨는 대답했다.

"내일 와서 벽돌들을 처음 있었던 곳으로 옮겨놓으십시오."

다음 날 아침, 그는 일찌감치 와서 아무런 말 없이 열심히 벽돌을 날랐다. 일주일도 넘게 지라드 씨의 지시에 따라 벽돌을 옮기는 일을 계속했다.

그 후 어느 날, 그 사내는 시내에 가서 대량의 설탕 입찰에 응찰하고 오라는 새롭고도 막중한 책임을 맡았다. 그가 누구인지 알지 못하는 사람들은 이 전혀 낯선 사람의 입찰 실력에 놀랐다. 가격이 낙찰되자, 경매인은 누가 대금을 지불할 것이냐고 물었다. 그는 대답했다.

"지라드 씨요. 저는 그 대리인입니다."

그는 하찮은 일에 충실함으로써 그 직분을 얻었던 것이다.

242

지옥을 꿈꾸다 어떤 사람이 자신은 도시 일을 따라잡을 수가 없다고 불평한 일이 있었다. 매일 20시간씩 그는 책상 위에 높이 쌓인 일을 처리했다. 답해야 하는 편지들, 청구서, 약속들, 이 주일 전에 해결했어야 할 문제들……. 머리를 식히려고 집 밖으로 나가면 깎아야 할 잔디, 지난봄에 손봤어야 할 울타리 등이 또 나타난다. 단 20분이라도 좀 일에서 해방되어 봤으면!

그래서 잠을 자고 꿈을 꾼다. 큰 방에 깨끗하고 멋진 마호가니 책상이 그의 앞에 있다. 그 위에는 약속을 알리는 메모지가 없다. 창 너머로 깨끗이 둘러처진 울타리와 오솔길이 보이고 모든 것이 제자리에 정돈되어 있다. 큰 안도가 된다. 그는 마침내 일에서 풀려났다. '하나님 감사합니다.' 평화가 그의 것이었다.

그럴까? 그의 낙원 주위에서는 의문들이 떠오른다. 이제 난 무엇을 하지? 저 아래서는 우편배달부가 휘파람을 불며 간다. 그를 부른다. 그러나 그에게 온 편지는 없다. 그는 산보 차 나왔을 뿐이다.

"제발 가르쳐주시오. 이곳이 어디요?"

그러자 우편배달부가 대답한다.

"그걸 모르시오? 여기가 바로 지옥이라오."

243

그림에 담긴 의미 중국 육조시대에 양나라 도홍경이 어질다는 말을 듣고 양무제가 여러 차례 사람을 보내어 초청했으나 끝까지 나오지 아니하고 소 두 마리를 그려 사자(使者)에게 전했는데, 한 마리는 평원 광야에서 자유로이 풀을 뜯고 누웠고, 또 한 마리는 좋은 굴레를 씌워 가지고 사람이 고삐를 잡고 채질을 하며 몰고 가는 것이었다. 양무제는 이것을 보고 그의 뜻을 알 수 있다 하고 단념했다.

244

배는 고파도 막은 오른다. 연극하는 사람들이 자주 들 먹거리는 말입니다. 당신은 배가 고파도 당신이 추구하는 일을 버리지 않을 자신이 있습니까. 예술에 온 생애를 걸고 오늘도 전심전력을 기울이시는 분들께 진심으로 경의를 표합니다.

—李外秀

245

씁쓸한 대화 황제 마모드는 끊임없는 전쟁과 전제 정치로 영토를 폐허화시켰으며, 페르시아 제국을 주민의 절반 정도밖에 살지 않는 나라로 만들어버렸다.

한 대신이 황제에게 새들의 언어를 알아들을 수 있다고 자랑했다. 그가 어느 날 저녁 황제와 함께 있을 때, 나무 위에 앉아 있는 한 쌍의 올빼미를 보았다. 그때 황제가 말했다.

"나는 이 올빼미들이 뭐라고 말하고 있는지를 알고 싶소. 그러니 잘 듣고, 나에게 그들이 나누고 있는 얘기를 설명해 주시오."

그러자 대신은 나무 가까이로 다가가서는 올빼미들에게 모든 주의를 기울이는 척했다. 그리고 황제에게 돌아와서 그는 말했다.

"폐하, 저는 그들 대화의 일부분을 들었습니다. 그렇지만 소인은 그들이 나누는 얘기를 감히 말씀드릴 수가 없습니다."

황제는 이에 만족할 수가 없었다. 그래서 그에게 올빼미들이 한 얘기를 모조리 말하라고 명령하였다. 그러자 대신은 말했다.

"그렇다면 폐하, 들어보십시오. 올빼미 중에 하나는 아들을 가지고 있고 또 하나는 딸을 가지고 있는데, 그들은 지금 결혼을 약속한 상태에 있습니다. 그 아들의 아버지가 그 딸의 아버지에게 말했습니다. '이봐요, 나는 이결혼을 승낙하겠소. 만약 그대가 당신 딸에게 50개의 황폐한 마을을 준다면 말입니다'라고요. 그러자 딸의 아버지가 이렇게 대답했습니다. '당신이 좋다면 기꺼이 내

딸에게 50개가 아니라 500개라도 주겠소. 신은 황제 마모드에게 아주 긴 삶을 허락했소. 그렇기에 그가 우리를 통치하는 한 우리에게 결코 황폐한 마을이 부족하지는 않을 것이오'라고요."

246

예술의 기쁨 한 부인이 유명한 미술 비평가인 러스킨에게 잉크 자국으로 얼룩진 값비싼 손수건을 보여주면서 손수건을 버리기가 아까워 갖고 있었다고 말했다. 러스킨은 아무 말도 없이 그 손수건을 가져갔다.

그리고 얼마 후 그 부인은 못 쓰게 되었던 손수건을 다시 돌려받았는데, 그것은 믿을 수 없을 만큼 아름답게 변해 있었다. 러스킨은 그 얼룩을 사용하여 그것의 주변에 아름답고 예술적인 디자인을 그려넣었던 것이다. 그리하여 쓸모없이 얼룩졌던 손수건이 변하여 아름답고 기쁨을 주는 것이 되었던 것이다.

정치의 해악 공자가 제나라에 갈 때 태산(泰山) 옆을 지나게 되었다. 그런데 한 여인이 들판에서 구슬피 울고 있는 것이 아닌가. 공자는 가던 길을 멈추고 자공(子貢)에게 이르기를,

"저 울음소리를 듣건대 걱정스러운 일이 한두 가지가 아닌 듯싶으니 가서 알아보라."

자공이 가서 묻자 그 여인이 대답하였다.

"우리 시아버지도 범에게 물려 죽었고, 내 남편도 내 자식도 범에게 물려 죽었소이다. 그래서 이렇게 우는 것입니다."

자공이 이에 다시 물었다.

"그렇다면 왜 이런 기막힌 꼴을 당하면서도 일찍 이곳을 떠나지 않고 그대로 살고 있었소?"

"그것은 다름이 아니라 이 고을에는 까다로운 정치가 없기 때문에 머물러 살았던 것입니다."

자공은 들은 대로 공자에게 가서 고했다. 그러자 공자가 말했다.

"소자(小子)야! 기록해 두어라. 까다로운 정치는 사나운 범보다 더 무서운 것이다."

　이 비 그치면 그때는 겨울. 가슴속 못다한 말들은 모두 하늘로 가서 밤이면 함박눈으로 쏟아지겠네. 쏟아져 이 세상 모든 길들을 지우겠네.

—李外秀

합격의 이유 브라이든 씨는 그의 철물점에서 근무하며 사업을 배울 소년을 구하고 있었다. 그는 우선 후보감으로 세 명을 뽑았는데, 애드 마블과 잭 모리슨 그리고 톰 비치였다. 브라이든은 각기 다른 날 한 명씩 불러서 체스넛 가 789번지에 사는 J. B. 피터슨 부인에게 알루미늄 냄비가 든 꾸러미를 전달하도록 했다.

애드는 번지수가 798인지 897인지를 몰라서 결국 그런 주소를 찾지 못했다고 하면서 냄비를 들고 되돌아왔다.

잭은 현재 789번지는 교회이며 J. B. 피터슨 부인은 이사를 해서 냄비를 도로 들고 왔다고 말했다.

톰 비치는 심부름하는 데 제일 시간이 많이 걸렸다. 그러나 그는 냄비를 도로 가져오지 않았다. 잭과 똑같은 사실을 알게 되었지만 거기서 멈추지 않았던 것이다. 그는 피터슨 부인의 새로운 주소를 조사해서 그곳으로 갔다. 피터슨 부인이 그에게 냄비를 주문한 적이 없다고 하자 (물론 이것은 사실이었다) 톰은 꾸러미를 풀고 냄비를 꺼내어 주인이 가르쳐준 가격을 이야기하며 그녀가 그것을 사도록 유도를 했다.

브라이든 씨는 누구를 고용했겠는가?

250

인생의 기본재료 중에서 가장 중요하면서도 가장 소홀
히 하기 쉬운 것이 시간입니다. 한 번 써버린 시간은 재활
용이 불가능합니다. 당신은 지금 무엇을 하고 계시나요.

—李外秀

죽음, 그 이후 제강이 언젠가 공자에게 물었다.

"죽은 사람은 세상이 어떻게 돌아가는지를 알까요, 모를까요?"

공자가 말했다.

"내가 만일 죽은 사람들이 세상 돌아가는 것을 안다고 말한다면 효성스러운 자손들이 죽은 사람을 섬기느라 불편하게 살 것 같아 걱정스럽고, 만일 반대로 말한다면 불효한 자손들이 죽은 사람을 매장도 않고 버려둘까 두렵구나. 그러니 제강아, 만일 네가 그것을 알고 싶다면 죽을 때까지만 기다려라. 그러면 너는 충분히 알 수 있을 것이다."

252

  독선적인 사람들은 자기의 억지주장을 합리화시킬 때 다양성이라는 말을 즐겨 사용한다. 그런데 왜 자기의 억지주장만 다양성에 포함되고 논쟁 상대의 반박 주장은 다양성에서 제외되는 거지. 자기 소유 이외의 다양성은 모조리 쥐약 먹고 죽었다고 생각하시남?　　　　—李外秀

정직의 대가 루이 14세 때 재무장관을 지낸 콜베르가 젊었을 때의 일이다. 포목점 점원으로 있던 그가 호텔에 숙박하고 있는 은행가에게 옷감을 팔고 돌아왔다. 그런데 돌아와 보니 옷감의 값을 잘못 알아 돈을 배나 더 받아온 것을 알았다. 그는 주인의 만류도 뿌리치고 호텔로 돌아가 사과를 한 후 여분의 돈을 반환하고 돌아왔다. 포목점 주인은 콜베르의 정직에 화를 내어 그를 해고하고 말았다.

이튿날 그 은행가가 콜베르의 집으로 찾아와 자기 때문에 그가 일자리를 잃은 것을 알고는 자기 은행에서 일하도록 권유하였다. 콜베르는 은행가를 따라 파리로 가서 은행원이 되었으며, 결국 그의 성실이 출세의 큰 발판이 되었다.

가장 좋은 재료와 가장 나쁜 재료 이교도 철학자인 크산투스는 그와 함께 만찬을 같이 할 친구를 몇 명 초대한 다음, 그의 하인 이솝에게 시장에 가서 최고급 요리 재료들을 사 오라고 일렀다. 그러나 이솝이 사 온 것은 혀뿐이었다. 요리사는 이 혀들로 서로 양념만 다르게 하여 음식을 차렸다. 혀 요리뿐인 식사가 베풀어졌다. 화가 난 크산투스는 성난 목소리로 하인에게 소리쳤다.

"시장에서 제일 좋은 요리 재료들을 사오라고 하지 않았느냐?"

그러자 이솝은 말했다.

"저는 명령하신 대로 했습니다. 혀보다 더 좋은 것이 있겠습니까? 혀야말로 문명사회의 결속물이자 진실과 이성의 기관이며 신에 대한 저희들의 사랑과 찬미의 기구가 아니겠습니까?"

　다음 날, 크산투스는 하인에게 다시 시장에 가서 이번에는 가장 나쁜 요리 재료를 사 오게 하였다. 그러나 이번에도 이솝은 혀를 사들고 왔다.

　"뭐라고! 이번에도 혀를 사 왔어?"

　크산투스는 소리쳤다.

　"그렇습니다. 혀라는 것은 확실히 이 세상에서 가장 나쁜 것임에 틀림이 없습니다. 그것은 투쟁과 다툼의 기구이고 소송이라는 것의 발명자이며 분규와 전쟁의 근원입니다. 또 그것은 실수와 거짓말과 비방과 신에 대한 불경스런 말을 하게 하는 기관이기도 한 것입니다."

255

고통을 기꺼이 영접하라.

신(神)이 어떤 사람에게 값진 것을 주려고 작정했을 때는 반드시 살과 뼈가 깎이는 아픔부터 먼저 주는 법이리니.

—李外秀

256

나라별 대처법 어느 나라 사람이 영국인, 스코틀랜드인, 아일랜드인 세 사람을 초대한 자리에서 자기 집의 하녀가 부주의한 탓인지 익숙지 못한 탓인지는 알 수 없지만 쉴 새 없이 사기그릇을 깨서 자신에게 적잖은 손해를 끼치고 있다며 그녀에 대해 어떤 처분을 할 것인가를 물었다. 이에 대하여 실리를 추구하는 영국인은 그녀를 해고하라고 했고, 검소를 신조로 삼고 있는 스코틀랜드인은 그녀의 월급에서 손해액을 공제하라고 제안하였다. 집주인은 지극히 난처한 표정으로 그녀가 지금까지 끼친 손해가 월급보다 훨씬 많다고 말했다. 그러자 아일랜드 사람이 기다렸다는 듯이 다음과 같은 결론을 지었다.

"그렇다면 월급을 손해 본 액수 이상으로 올리십시오."

257

여자들은 속상하는 일이 있으면 곧잘 머리를 자른다. 그리고 머리를 자른 다음 십중팔구는 후회를 한다. 그러니까 여자가 머리를 자르는 행위는 후회할 줄 뻔히 알면서도 저지르는 일종의 자학이다.　　　　　—李外秀

258

아내를 견디는 방법 어느 가난한 사나이가 랍비를 찾아와 눈물을 머금으며 하소연했다.

"랍비님! 우리 집은 좁은 데다 애들도 많고 여편네가 그렇게 악처일 수 없습니다. 아마도 이 고을에서 가장 지독한 악처일 것입니다. 아아, 어찌하면 좋을는지요?"

유태교에서는 그리스도교와는 달리 랍비의 허가를 얻으면 이혼이 허용된다.

"산양(山羊)은 가지고 있소?"

랍비는 이렇게 물었다.

"유태인으로서 산양을 갖지 않은 사람이 어디 있을라고요?"

"그렇다면 산양을 집 안에 들여놓고 기르도록 하시오."

사나이는 의아한 낯빛을 하고 집으로 돌아갔다. 그리

372

고는 다음 날 또다시 찾아왔다.

"랍비님! 이젠 더 이상 참을 수가 없습니다. 악처에다 산양까지, 이젠 틀렸습니다."

"닭을 기르고 있소?"

"물론입니다. 닭을 기르지 않는 유태인이 있을 수 있겠습니까요?"

닭은 유태인이 즐기는 식물(食物)이다.

"그렇다면 닭을 전부 집 안에서 기르도록 하시오."

사나이는 다음 날 또다시 찾아왔다.

"랍비님! 이젠 정말 끝입니다!"

"그렇게 심한가요?"

"아내와 산양과 닭이 열 마리! 아아!"

"그렇다면……. 이번에는 산양과 닭을 밖에 내다 기

르도록 하고 내일 다시 한 번 찾아오도록 하시오."

다음 날 가난한 사나이가 찾아왔다. 그는 혈색도 좋았고 마치 황금의 산에서 나오기라도 한 듯 두 눈이 충족의 기쁨으로 빛나고 있었다.

"랍비님! 산양과 닭을 내보냈습니다. 랍비님에게 축복이 내리시옵기를! 우리 집은 이제 그야말로 궁전과 같습니다!"

259

　지구에 머물러 있는 동안, 물질적인 것들은 모두 지구에게서 얻은 것이고 정신적인 것들은 모두 우주에게서 얻은 것이다. 다만 어디를 가든 내가 직접 만들어서 그대에게 줄 수 있는 것은 오로지 사랑 하나뿐.　　　—李外秀

개미에게 배우다 제나라 환공이 고죽을 토벌하였을 때의 일이다. 출발할 때는 봄이고 돌아올 때는 겨울이라 주위 풍경이 완전히 변하여 길을 잃었다. 그 가운데 지혜로운 관중과 습붕이 함께 있었다. 관중이 하는 말이, "이럴 때는 늙은 말에게 배워야 합니다" 하였다.

환공은 시험 삼아 늙은 말을 풀어 주고 그 뒤를 따르게 하였다. 그러자 마침내 길을 찾게 되었다. 그러나 곧 산길에 들어서자 먹을 물이 없어서 모두 기갈에 허덕이게 되었다. 이때 습붕이 말했다.

"개미란 놈은 겨울에는 산의 남쪽에, 여름에는 산의 북쪽에 서식하는 습성이 있습니다. 개미 집 아래 여덟 자를 파면 그곳에는 반드시 물이 있다는 말을 들었사오니 한번 산기슭 남쪽으로 돌아 개미집을 찾아보면 어떨는지요."

이번에도 환공은 습붕의 말을 따랐다. 그러자 먹을 물을 구할 수 있었다. 한비자가 이 이야기를 듣고서 말했다.

"관중이나 습붕 같은 지혜 있는 자는 모르는 것이 있으면 말이나 개미를 스승으로 하는 것을 주저하지 않았다. 그러나 오늘날에 있어서 사람들은 어리석으면서도 성인의 지혜를 스승으로 하는 것을 알지 못하니 지극히 유감스러운 일이다."

261

"비오는 날은 돈이 생기면 내게 꽃보다 아름다운 선물을 사 오너라."

"술 말인가요?"

"아니다."

"원고지 말인가요?"

"아니다."

그는 자살을 꿈꾸는 시간이 가장 황홀하다고 말했었다. 그는 탐미주의자였다.

"독약 말인가요?"

"아는군."

"면도날은 어때요?"

"괜찮겠지?"

"그런데 저 해골은 뭘 결심했다는 거야? 이빨을 단단

히 악물고 있는데 말야."

"결코 죽지 않겠다는 것을."

—李外秀

군자에 대한 예의 계고(季羔)가 위나라 사사(士師)로
있을 때 죄인의 다리를 벤 일이 있었다. 얼마 안 되어서
위나라에 괴외의 난이 일어나게 되자 계고는 도망해서
성문 밖으로 나가고 있었다. 그런데 전날 계고에게 다리
를 잘린 자가 마침 성문을 지키고 있었다. 그는 계고를
보자 이렇게 말하는 것이었다.

"저편으로 가면 담이 허물어진 곳이 있으니 그리로 도
망하시오."

그러자 계고는 말했다.

"군자가 어찌 허물어진 담을 뛰어넘는단 말인가?"

"그럼 저쪽으로 가면 뚫린 구멍이 하나 있으니 그리로
도망하시오."

이번에도 계고는 듣지 않고 말했다.

"군자는 구멍으로 빠져나가는 법이 없다."

문 지키던 자가 또 한 번 권했다.

"그렇다면 이쪽에 빈 방이 하나 있으니 그리로 들어가시오."

계고는 그 말을 좇아 방으로 들어갔다. 이윽고 계고를 잡으러 오던 자도 돌아가고 계고도 다시 그곳을 떠나게 되었다. 떠나기에 앞서 계고는 문 지키는 자에게 은근히 물었다.

"내 전날 국가의 법을 거역할 수 없었기 때문에 그대에게 그러한 환난을 당하게 했으니 지금이야말로 그대가 나에게 원수를 갚을 유일한 시기가 아니겠는가? 그런데 그대는 도리어 나의 도망할 길을 세 번이나 가르쳐주었으니 이것은 대체 무슨 까닭인가?"

그러자 계고에게 발을 끊긴 자는 말했다.

"다리가 끊긴 것은 내 죄 때문이었으니 어찌할 수 없는 것 아니겠소? 다만 그 당시에 그대는 나를 법대로 다스리는 데 있어 다른 사람을 먼저 다스리고 나를 뒤로 미룬 것은 혹시 나의 죄를 면하게 할 수 있을까 생각했던 때문일 게요. 또 내 죄가 확정되어 형벌을 가할 때에도 그대의 얼굴에는 슬퍼하는 빛이 있는 것을 나도 보아 짐작할 수가 있었소. 아무리 사정을 봐주고자 한들 법 앞에 어쩔 수가 있었겠소? 하늘이 군자를 낳은 것은 그 도가 본래 그러한 것이니, 이것이 바로 내가 그대를 좋아하는 까닭이올시다."

263

선과 악 지구를 뒤덮은 대홍수 때 온갖 동물이 노아의
방주로 다가왔다. 선(善)도 급히 달려왔다. 그런데 노아
는 선을 태워주기를 거절했다.

"나는 쌍(雙)밖에는 태우지 않기로 하고 있다."

그래서 선은 삼림으로 돌아가 제 쌍이 될 상대를 찾았
다. 그리고 악(惡)을 동반하고 배로 돌아왔다. 그 이후로
선이 있는 곳에는 악이 있게 되었다.

264

아이와의 약속 공자의 제자 중 한 사람인 증자(曾子)의 아내가 시장에 가려는데, 아이가 울면서 뒤쫓아나왔다. 그러자 증자의 아내는 아이들에게 말했다.

"자, 빨리 집에 가 있거라. 시장에 갔다 오면 돼지를 잡아서 맛있는 고기를 해줄 테니."

그녀가 시장에서 돌아오니 증자가 진짜 돼지를 잡으려 하고 있었다. 그녀는 깜짝 놀라 말했다.

"난 그저 농담으로 한 얘기예요." 그러자 증자가 아내에게 말했다.

"아이들에게 그런 농을 해서는 안 되오. 부모에게서 모든 것을 배우고 있는 애들에게 거짓말을 하면, 그 애들이 장차 거짓말하는 법을 배우게 될 게 아니오. 거짓말인 줄 알면 에미인 당신도 믿지 않으려 할 게요."

증자는 아이와 약속한 대로 돼지를 잡았고 그것을 구
워 먹었다 한다.

265

허세를 유일한 재산으로 알고 살아가는 사람들이 있다. 그들은 대개 자신들이 만능이라고 말한다. 모르는 것도 없고 못하는 것도 없다. 그러나 주위 사람들이 곤궁에 처하면 제기럴, 꼭 배탈이 나서 아무 짝에도 쓸모없는 인간으로 전락해 버린다.

—李外秀

266

지독한 습관 독일의 작가 에리히 케스트너가 여러 친구와 함께 여행을 하였다. 그중에는 에른스트 펜 츠올트도 있었다. 그때의 일을 회상하면서 케스트너는 말하였다.

"밤늦게 차 칸에서 에른스트는 피곤한지 쿠션에 기대어 잠이 들었다. 우리들은 조용히 에른스트의 숨소리를 들었다. 10분쯤 되었을 때, 에른스트는 갑자기 벌떡 일어나더니 조끼 주머니를 뒤졌다. 그리고 약통을 꺼내고는, '큰일 날 뻔했어. 하마터면 수면제를 먹지 않고 잘 뻔했군!' 하면서 부지런히 약을 먹고 다시 잠드는 것이었다. 습관은 그만큼 무섭다."

장벽 안의 진실 주나라의 왕은 전나라를 침략하기 위해 먼저 첩자를 보내 그 나라를 염탐하게 했다. 그 첩자가 돌아와서 보고했다.

"우리는 전나라를 침입하지 말아야 합니다."

"어째서인가?"

주나라 왕이 의아하게 생각되어 물었다. 그러자 첩자가 대답했다.

"그 나라는 높은 성벽으로 둘러싸여 있고, 성곽 둘레는 연못으로 보호되고 있습니다. 뿐만 아니라 곡창은 그득히 채워져 있었습니다. 이 모든 것을 볼 때 그 나라는 매우 잘 다스려지고 있음이 분명합니다."

그때 왕이 말했다.

"나는 전나라를 침략해도 좋으리라고 믿는다. 전나라

는 작은 국가에 불과하다. 그런데 그와 같이 작은 국가에서 가득 찬 곡창을 가지고 있다는 것은 바로 높은 세금을 징수하고 있다는 뜻이며, 한나라가 과중하게 세금을 부과할 경우 그 국민들이 통치자에게 반기를 들 것은 틀림없는 사실이다. 그리고 작은 나라가 거대한 장벽으로 둘러싸여 있음은 그만큼 국민들의 고혈을 쥐어짰음이 아니고 무엇이겠는가."

그리하여 왕은 마침내 전나라에 군대를 파견하여 그 나라를 점령하고 그 군대를 합병시켜 버렸다.

268

몰입 물리학자 아이작 뉴턴은 연구에 몰두하면 다른 일은 생각하지 않는 것으로 유명하다. 노년의 일이었다. 난로 곁에 있으려니 더워서 견딜 수가 없었다. 참다못해 하인을 불러 난로의 불을 꺼내게 하였다.

"선생님, 어째서 의자를 뒤로 물리지 않으셨습니까?"

"아, 그렇군. 그런 방법도 있었군 그래."

269

　"철학이 뭐 별스런 학문인가요? 어떻게 하면 인간답게 살 수 있는가를 연구하는 학문이죠. 그렇다면 뭐 연구까지 할 필요가 어디 있어요. 돈만 있으면 얼마든지 인간답게 살 수 있는데 말이에요."

　나는 아무 말도 하지 못했다. 형수는 지금 오나시스야말로 위대한 철학자라고 말해 버린 것이다.　　　—李外秀

글의 가치 영국의 시인 에드먼드 스펜서에게는 사우스 업튼 백작이라는 좋은 친구가 있었다. 스펜서는 죽기 3년 전 『선녀여왕』이란 대작을 탈고하자 곧 자기 친구에게 원고를 들고 갔다. 백작은 작품의 원고를 두세 페이지 읽더니 서기를 불러서 명령했다.

"기다리고 계신 분에게 20파운드를 드리게!"

그리고 다시 몇 페이지 읽고 나서는 벌떡 일어서서 말했다.

"저 분에게 다시 20파운드를 드리게!"

그리고 조금 더 읽고 나서는 말했다

"20파운드를 더 드리게!"

그리고 마침내 그는 자기 머리털을 쥐어뜯을 정도까지 흥분해서 외쳤다.

"저 작자를 집에서 내쫓게. 이 이상 더 읽다가는 파산
하고 말겠네!"

271

마음 먹기 양자가 송나라에 가서 어떤 여관에 들었다. 그 여관 주인에게는 두 첩이 있었는데, 한 사람은 미인이었고 한 사람은 못난이였다. 그런데 그 못난이는 귀염을 받고 그 미인은 천대를 받았다. 양자가 그 까닭을 물었다. 그러자 그 여관 주인은 이렇게 대답하였다.

"저 미인은 제 스스로 미인인 체하기 때문에 나는 그 아름다움을 모르겠고, 저 못난이는 제 스스로 못난 줄을 알기 때문에 나는 그 못남을 모른다네."

272

교묘한 상술 《이터너티》라는 잡지에 장사가 잘 되지 않는 꽃장수에 대한 기사가 실렸다.

그 꽃장수는 잘 안 되는 장사로 고심하다가 갑자기 기발한 생각이 났는지 푯말을 만들기 시작했다. 그 푯말에는 이렇게 씌어 있었다.

"치자나무를 사십시오. 그러면 당신은 하루 종일 귀빈이 된 듯한 느낌을 받으실 것입니다."

그러자 치자나무는 날개 돋힌 듯 팔리기 시작했다.

사람들은 누구나 자존심을 높여주면 좋아하기 때문이다.

273

마음의 준비 찰스 킨슬리 씨에 따르면, 위대한 화가인 터너는 채색이나 스케치를 하는 일 없이 오로지 명상만 하며 상당한 시간을 보냈었다고 한다. 그에 관한 유명한 일화가 있다.

어느 날 터너는 호수에 조약돌을 던지며 온종일을 바위 위에 앉아 지냈는데, 그날 저녁 동료 화가들이 찾아와서는 그에게 자신들의 스케치를 보여주며 아무것도 해놓지 않은 그를 비웃었다. 그러자 그가 말했다.

"난 적어도 이런 일을 했네. 조약돌을 던졌을 때의 호수면의 반향이 어떠한가를 배웠단 말일세."

후에 그의 동료 중 어느 누구도 터너가 그린 것만큼 호수의 파문을 그릴 수는 없었다. 많은 사람들은, 인생에 있어서의 기회가 그들에게 찾아와도 결국은 그것을 놓친 다음에야 당황과 슬픔을 맛보게 된다. 그것은 마음의 준비가 없었기 때문이다.

당연한 대답 하루는 공자가 마차를 타고 외출하다 소년들이 벽돌로 성벽을 쌓고 있는 막힌 길에 이르렀다.

공자가 큰 소리로 말하기를,

"커다란 마차가 오고 있는데 너희는 왜 길을 비키지 않았느냐?"

그러자 소년 중 하나가 일어나 어깨를 으쓱하며 말했다.

"저는 마차가 성벽을 돌아갔다는 소리는 들었어도 마차를 지나가게 하기 위해 성벽을 부수었다는 얘기는 못 들었습니다."

공자는 크게 당황했다.

275

그럴듯한 변명 한 상인에게 늦잠꾸러기 아들이 있었다. 나태에 대한 아버지의 거듭되는 훈계에도 불구하고 그 게으른 아들은 여전히 해가 중천에 뜨기 전에는 좀처럼 일어나려고 하질 않았다. 마침내 그 상인은 아들을 일찍 일어나도록 하기 위해서 이익 동기를 이용하려고 생각했다. 아버지가 말했다.

"돈 좀 벌고 싶지 않니? 아침에 일찍 일어난 사람이 잃어버린 금 단지를 줍는다는 속담도 있지 않니?"

이에 아들이 대답했다.

"그런데 말이죠, 그 금 단지를 잃어버린 사람은 더 일찍 일어났을 것이 틀림없어요."

276

절망의 힘 마귀가 자신의 도구들을 경매에 붙인다는 광고를 냈다. 구매자들이 모여들었는데, 거기에 '비매품'이라고 표시된 이상하게 생긴 도구가 있었다. 왜 이것은 비매품이냐는 질문에 대해 마귀는 이렇게 대답했다.

"다른 도구는 나누어줄 수 있지만, 이것만은 안 돼. 이것은 내가 갖고 있는 것 중에 제일 유용한 연장이지. '절망'이라고 불리는 이것은 다른 것으로는 접근할 수 없는 마음속이라도 뚫고 들어갈 수 있어. 이것만 사람의 마음속에 집어넣으면 내가 원하는 것은 무엇이라도 거기에 심을 수 있는 길이 열린단 말이야."

277

젊음을 색깔로 표현하면 초록이다. 그러나 갈색이나 똥색인 젊음도 있다. 희망을 상실한 젊음이다. 하지만 포기하지 말라. 한평생 어둠만 지속되는 인생은 없다. 다만 지금은 때가 오지 않았을 뿐이라고 생각하자.　　　—李外秀

강도를 이긴 노인 임마누엘 칸트의 아버지가 노인이
되어 본국인 실레지아로 가는 위험한 여행을 하게 되었
다. 그때 그는 도중에 강도들과 마주치게 되었다. 그들은
그의 귀중품을 모두 내놓으라고 했다. 그는 자신의 것을
모두 주었다. 그 강도들은 물건을 빼앗은 후 그를 그냥
돌려보냈다. 그가 무사히 그들이 안 보이는 곳까지 가게
되었을 때 그의 옷의 가장자리에 무언가 단단한 것이 만
져졌다. 그것은 금이었는데 안전을 위해 거기에 꿰매 두
었던 것으로 두렵고 당황한 나머지 그는 그것을 아주 잊
어버리고 있었다.

그는 즉시 돌아서서 강도들을 찾아갔다. 그리고 말했다.

"나는 당신들에게 거짓을 말했다오. 그것은 고의는 아
니었고 너무 무서워 생각을 못 했던 거요. 여기 내 옷 속

에 금이 있소."

그러자 놀랍게도 아무도 그의 금을 가져가려고 하지 않았다. 오히려 그 강도들은 그에게 빼앗은 것을 모두 돌려주고 서서히 뒷걸음쳤다. 결국 선이 악을 이긴 것이다.

외모가 주는 인상 '외모로 사람을 취하지 말라' 하였으나, 대개는 속마음이 외모에 나타나는 것이다. 아무도 쥐를 보고 후덕스럽다고 생각은 아니할 것이고, 할미새를 보고 진중하다라고는 생각하지 아니할 것이요, 돼지를 소담한 친구라고는 아니할 것이다. 토끼를 보면 방정맞아는 보이지마는 아무리 해도 고양이처럼 표독스럽게는 아니 보이고, 수탉을 보면 걸걸은 하지만 지혜롭지 않게 보이며, 뱀은 그림만 보아도 간특하고 독살스러워 구약작자(舊約作者)의 저주를 받은 것이 과연이구나 하고, 개는 얼른 보기에 험상스럽지마는 간교한 모양은 조금도 없다. 그는 충직하게 생겼다. 말은 깨끗하고 날래지만 좀 믿음성이 적고, 당나귀나 노새는 아무리 보아도 경망꾸러기이다. 족제비가 살랑살랑 지나갈 때 누구라도 요망

스러움을 느낄 것이요, 두꺼비가 입을 넙죽넙죽하고 쭈
그리고 앉은 것을 보면 능청스럽다. 그리고 벼룩은 얄밉
게 보이고, 모기는 도섭스럽게 보인다.

어머니의 슬픔 전국시대의 오기(吳起)라는 장수는 먹고 입고 자는 것을 병사들과 꼭 같이 했으며, 괴로움과 즐거움을 함께 했다. 언젠가 한 병사의 몸에 종기가 나자 오기는 입으로 그 종기의 고름을 빨아주었다. 이 말을 전해들은 그 병사의 어머니는 통곡하였다. 이 모습을 보고 한 사람이 물었다.

"당신 아들의 종기를 대장께서 몸소 빨아 낫게 해주셨으니 이는 더할 수 없는 영광인데, 무엇 때문에 그처럼 슬피 우십니까?"

그러자 그 어머니가 대답했다.

"그 아이의 아버지도 일찍이 오기 장군의 부하였는데, 몸에 종기가 나자 장군께서 몸소 빨아 낫게 해주신 바 있습니다. 그는 장군의 은혜에 감격해서 몸을 돌보지 않고 싸우다가 전사하고 말았답니다. 그런데 이제 또 자식도 같은 일을 당하여 죽을 날이 멀지 않았음을 생각하니 창자가 끊어지는 것만 같습니다."

오기의 병사들은 그야말로 싸우면 반드시 이기고, 공략하면 반드시 빼앗아 감히 아무도 대항하지 못했던 것이다.

281

세상의 모든 전쟁은 평화를 표방한다. 얼마나 가증스러운 일인가.

—李外秀

282

정당한 시합 프랑스의 테니스 명선수 코셰와 미국의 명선수 칠덴이 데이비스컵 전을 파리에서 가졌을 때의 일이다. 칠덴의 서브가 맹렬하여 라인에 아슬아슬하게 떨어져 코셰가 받지 못했을 때 심판이 '아웃'으로 인정해 버렸다.

"아니, 이번 것은 세이프입니다."

하며 코셰는 공이 떨어진 지점을 가리켰다.

공은 라인 위에 떨어진 것이다. 심판관의 아웃을 그대로 인정했더라면 코셰에게 유리하였을 터인데 어디까지나 정정당당히 싸우려 했던 것이다. 그런 것을 안 칠덴은 코셰가 서브하였을 때 그것을 받아 일부러 라인 밖으로 쳐서 코셰에게 1점을 득점하게 하였다.

283

태도의 차이 영국의 소설가인 프리스틀리가 하루는 다음과 같은 질문을 받게 되었다. 그것은 왜 여러 천재적인 작가들이 젊었을 때는 두각을 나타내다가도 나이가 들면 오히려 퇴보하게 되는가에 대한 것이었다. 그는 이렇게 대답하였다.

"여러분, 우리들 사이의 차이란 능력에 있는 것이 아니라, 단지 이런 사실에 있습니다. 그들은 글을 환상적으로 생각하고, 장난감을 다루듯이 대합니다. 그러나 저는 글을 마치 불꽃처럼 생각하고 조심해서 다룬다는 겁니다."

284

그대가 진실로 아름답게 살고 싶다면 가난에 익숙하고
세상살이에 서툴라.

—李外秀

어느 가로수의 일기에서

다시 어둠이 내립니다.
도시에서는 어둠이 내리면
안식보다 외로움이 먼저 찾아듭니다
별은 보이지 않습니다
폐병을 앓는 달 하나
기력 없는 얼굴로 떠오릅니다

하나님 제가 진실로
당신이 말씀으로 지으신 한 그루 나무라면
왜 제 영혼 속에는 아직
단 한 마리의 새도
날아와 집을 짓지 않는 걸까요

밤새도록 기도하고
늦잠에서 깨어나 보니

해는 이미 중천에 떠올라 있었고
내 발밑에 드리워진 그늘을 이불삼아
노인 하나 숨겨 있었다
유난히 햇볕이 따스한 봄날
새가 되어 날아가는 노인의 영혼을 보았다

달뜨는 봄밤

물소리 끊어진 절간
누가 도통했느뇨
덤불 위에서
굴뚝새 한 마리
찔레꽃 낱잎 하나를 물고
산길 내려 가는
동자승의 뒷모습을 보고 있다
산속에 달 하나 들어 있다

태양은 어제 그대로의 태양이지만 당신은 어제 그대로의 당신이 아닙니다. 새롭고 아름답고 행복하소서.

이 책은 『흐린 세상 건너기』(생각하는백성, 1992)의 일부 원고에 이외수 작가가
새로 집필한 원고와 박경진 작가의 그림을 추가해 편집한 개정증보판입니다.

코끼리에게 날개 달아주기

초판 1쇄 2011년 1월 5일
초판 12쇄 2016년 4월 30일

지은이 | 이외수
그린이 | 박경진
펴낸이 | 송영석

편집장 | 이진숙 · 이혜진
기획편집 | 정진라 · 박혜미 · 박신애
외서기획 | 박수진
디자인 | 박윤정 · 박새로미
마케팅 | 이종우 · 한명회 · 김유종
관리 | 송우석 · 황규성 · 전지연 · 황지현

펴낸곳 | (株)해냄출판사
등록번호 | 제10-229호
등록일자 | 1988년 5월 11일

서울시 마포구 잔다리로 30(서교동 368-4) 해냄빌딩 5 · 6층
대표전화 | 326-1600 **팩스** | 326-1624
홈페이지 | www.hainaim.com

ISBN 978-89-6574-301-9

영혼에 찬란한 울림을 던지는 이외수의 시와 에세이

이외수의 소생법

청춘불패

그대가 그대 인생의 주인이다
영혼의 연금술사 이외수의 처방전

이외수의 생존법

하악하악

팍팍한 인생 하악하악, 팔팔하게 살아보세
이외수가 탄생시킨 희망의 언어들

이외수의 소통법

여자도 여자를 모른다

사랑을 잃고 불안에 힘들어하는 이 시대에 보내는
영혼의 연금술사 이외수의 감성예찬

이외수의 사랑예감 詩

그대 이름 내 가슴에 숨 쉴 때까지

사랑함에 느낄 수 있는 여덟 가지 감성
이외수, 사랑과 그리움의 미학

이외수 명상집

사랑 두 글자만 쓰다가 다 닳은 연필

사랑보다 아름다운 말이 어디 있으랴
이외수가 노래하는 애틋한 사랑의 미학